KB115738

원작으로 읽는
안데르센 동화 5선

어른이 되어 다시 읽는 영원한 인생 동화

원작으로 읽는 안데르센 동화 5선

발행일	2023년 7월 28일		
지은이	안데르센	번역	김선희
펴낸이	손형국	엮은이	북랩 편집부
펴낸곳	(주)북랩		
편집인	선일영	편집	정두철, 윤용민, 배진용, 김부경, 김다빈
디자인	이현수, 김민하, 김영주, 안유경	제작	박기성, 구성우, 변성주, 배상진
마케팅	김회란, 박진관		
출판등록	2004. 12. 1(제2012-000051호)		
주소	서울특별시 금천구 가산디지털 1로 168, 우림라이온스밸리 B동 B113~114호, C동 B101호		
홈페이지	www.book.co.kr		
전화번호	(02)2026-5777	팩스	(02)3159-9637

ISBN   979-11-6836-998-6 03850 (종이책)   979-11-6836-999-3 05850 (전자책)

(주)북랩 성공출판의 파트너

북랩 홈페이지와 패밀리 사이트에서 다양한 출판 솔루션을 만나 보세요!

홈페이지 book.co.kr   •   **블로그** blog.naver.com/essaybook   •   **출판문의** book@book.co.kr

작가 연락처 문의 ▶ ask.book.co.kr

작가 연락처는 개인정보이므로 북랩에서 알려드릴 수 없습니다.

어른이 되어 다시 읽는
영원한 인생 동화

원작으로 읽는
안데르센 동화 5선

안데르센 지음
편집부 엮음

헤르만 헤세, 찰스 디킨스, 빈센트 반 고흐 등 위대한 예술가들의
작가관과 철학에 깊은 영향을 미친 불멸의 동화!

북랩

✳

1. 각색된 동화가 아닌 원작(영어번역본)을 한글 번역하여 실었습니다.

2. 기증저작물(자신이 창작한 저작물을 다른 이들이 저작권료 없이 이용할 수 있도록 국가에 저작권을 기증한 것)을 토대로 편집하였습니다.

3. 기증자의 약력은 맨 뒤에 있습니다.

내 기억 속에는

안데르센의 동화가 문장과 단어로 남아 있는 것이 아니라

그가 창조한 색색의 휘황찬란한 세상

그 자체가 온전히 들어 있으며, 너무나 잘 간직되어 있다.

_헤르만 헤세

저자 소개

안데르센(Hans Christian Andersen, 1805~1875)은 소설가, 시인, 그리고 동화 작가로 덴마크 오덴세에서 가난한 구두 수선공의 아들로 태어났다.

일찍 아버지를 여의면서 홀어머니 슬하에서 가정 형편이 어려워져 정규 교육을 받지 못했고, 연극배우가 되고 싶었으나 배우로서의 자질 부족으로 꿈을 이루지 못했다. 심하게 좌절한 가운데 삶을 포기하려고 했으나 그의 글 쓰는 재능을 알아 본 저명인사로부터 후원을 받아 뒤늦게 학교에 들어가 문학을 배우기 시작했다. 그러나 학교생활도 순탄치 못하여 나이가 들고도 오래도록 그 시절의 상처에 시달리기도 했다.

1835년 첫 소설인『즉흥시인』을 발표하면서 작가로서 큰 성공을 거두었고, 같은 해에『어린이를 위한 동화집』1권과 2권을 출판하고 거의 정기적으로 작품을 발표하여 동화가 문학 장르가 될 수 있도록 하는데 큰 역할을 하였다.

초기에는 민간설화에 바탕을 둔 이야기를 썼고, 나중에는 문학작품에서 영감을 받아 쓰다가 「인어 공주」를 발표하면서 상상력을 발휘해 「눈의 여왕」, 「엄지 공주」, 「미운 아기 오리」 등의 창작 동화를 발표하였다.

그는 계속적인 작품 활동을 하면서 덴마크에서 최고의 영예를 누리다 1875년에 70세에 사망하였다. 현재 안데르센 기념관에 그의 생가가 보존되어 있고, 고향인 오덴세에 있는 안데르센 동화마을은 대표적인 관광지이다. 그의 이름을 딴 〈한스 크리스티안 안데르센상〉은 '아동문학계의 노벨문학상'으로 불리고 있다.

서문

　우리는 어른이 되었지만, 여전히 동화를 읽어야 하는 이유가 있습니다. 동화는 우리에게 어린 시절의 순수함과 상상력을 되살려주는 동시에, 삶의 가치와 중요성에 대해 생각하도록 합니다. 안데르센의 동화에 담긴 것 역시 어른이 되어야 알 수 있고 이해할 수 있는 가치들입니다.

　어머니의 불안정한 정서와 애정결핍은 안데르센의 성장 과정에 영향을 미쳤고, 외로움과 자아의 취약함을 겪게 했습니다. 또한, 아버지의 정신적인 문제와 죽음, 그리고 이복동생의 존재는 경제적 어려움과 숨기고 싶은 가족사를 반영하고 있습니다. 안데르센은 신분 상승과 사회적인 인정을 꿈꾸었으며, 자신의 외모와 자신감, 사회적 인식에 대한 불안을 겪기도 했습니다. 그는 부유한 상류 사회나 재능 있는 여성들과의 교류를 동경하며, 사랑과 결혼에 실패하고 독신 생활을 택한 것으로 알려져 있습니다.

　이러한 개인적인 경험과 복잡한 감정들은 그의 작품에 영감을 주고, 그의 작품에서 현실 세계의 어려움과

갈등, 사회적 약자의 문제, 사랑과 외로움 등 다양한 주제로 다뤄졌습니다.

인어공주의 비극적이며 절절한 사랑이야기로, 자신의 진정한 모습을 모르는 미운 오리 새끼외 아기 백조로, 엄지 공주를 사랑하지만 요정 왕자 앞에서 물러날 수밖에 없었던 제비로 그의 작품에 고스란히 담겨 있습니다.

"동화는 심장을 살아나게 하고 영혼을 이롭게 합니다."라는 안데르센의 말처럼 이제 우리는 안데르센의 동화 속에서 현실과 상상의 경계를 넘나들며, 동화 속 주인공들과 공감하며, 그들의 여정을 통해 함께 성장하고 깨달음을 얻을 수 있습니다. 이런 건 어른이 되어야 가능한 것들입니다.

이제, 안데르센이 전하려 했던 메시지와 감정을 함께 경험하기 위해 여러 창작 동화를 읽어보는 것은 어떨까요?

CONTENTS

성냥팔이 소녀

The Little Match Girl

Andersen

The Little Match Girl

지독히도 추운 날이었다. 눈이 내리고 어둠이 찾아왔다. 그해의 마지막 저녁이었다.

한 가엾은 소녀가 모자도 쓰지 않고 맨발로, 춥고 우울하게 거리를 걷고 있었다. 물론 집을 나설 때 신발을 신고 있었지만 지금은 아무 소용이 없었다. 신발은 엄마의 것이었기에 소녀에게 너무 컸다.

어린 소녀는 길을 뛰어 건너다가 신발 한 짝을 잃어버렸는데 마차 두 대가 덜컹거리며 엄청나게 빨리 지나가는 바람에 신발을 다시 찾을 수 없었다. 한 소년이 나중에 아이를 낳으면 요람으로 쓰겠다면서 나머지 한 짝을 가지고 달아나버렸다. 그래서 어린 소녀는 맨발로 걷고 있었다.

두 발은 꽁꽁 얼어 울긋불긋했다. 낡은 앞치마에 들고 가는 성냥갑 몇 개가 있었다. 소녀는 성냥 하나를 손으로 들어 내밀었다. 하지만 하루 종일 소녀한테 성냥을 사려는 사람은 아무도 없었다. 단 한 사람도 1센트를 주지 않았다.

추위와 배고픔으로 벌벌 떨면서 소녀는 살금살금 걸어갔다. 비참한 그림이다, 가엾은 소녀!

눈꽃이 소녀의 긴 머리카락 위로 떨어져 내려 목을 구불구불 휘감았다. 창문으로 불빛이 새어 나오고 거위를 굽는 근사한 냄새도 흘러나왔다.

한 해의 마지막 날이었다. 그렇다, 소녀는 그 생각이 간절했다!

집 두 채 사이 모퉁이에 다른 집보다 길 쪽으로 더 튀어나온 곳이 있었는데 소녀는 그곳에 앉아서 발을 끌어당겨 몸을 웅크렸다.

점점 더 몸이 추웠다. 하지만 집에 갈 엄두가 나지 않았다. 성냥을 팔지 못했기에, 1센트도 벌지 못했기에 아버지는 분명 이 소녀를 흠씬 두들겨 팰 것이다. 게다가 집은 너무 추웠다. 지붕 말고는 불어대는 바람을 가

릴 게 없었다. 제일 크게 갈라진 틈을 지푸라기와 천
조각으로 막았는데도 그랬다.

손은 동상을 입은 듯 거의 움직일 수도 없었다. 작은
성냥 하나가 온기를 어느 정도 더해줄지도 몰랐다! 소
녀가 성냥갑에서 성냥 하나를 꺼내 벽에 그어서 손을
따뜻하게 할 수만 있다면…….

소녀는 하나를 꺼냈다. 치지직! 성냥은 탁 소리를 내
며 타올랐다! 온기를 주며 작은 초처럼 환한 불꽃을 일
으켰다.

소녀가 그 불꽃 위로 손을 올리자, 이상한 빛이 일
었다! 정말이지 반짝반짝 빛나는 황동 손잡이와 뚜껑
이 달린 거대한 쇠 난로 앞에 자신이 앉아 있는 것 같
았다. 불이 얼마나 멋지게 타오르는지! 얼마나 편안한
지! 소녀가 발도 녹이려 발을 내밀었다. 문득 작은 불
꽃이 꺼지고 난로는 사라졌다. 손안에는 다 타버린 성
냥만 남아 있었다.

소녀는 성냥을 하나 더 벽에 그었다. 성냥은 밝게 타
올랐다. 불빛이 벽을 비추자, 하늘하늘한 막처럼 투명
해져서 방 안을 훤히 들여다볼 수가 있었다.

탁자에 눈처럼 하얀 식탁보가 덮여있고, 그 위에 찬
란하게 빛나는 저녁 식사가 차려있다. 사과와 자두로

속을 채워 구운 거위에서 먹음직스럽게 김이 모락모락 피어올랐다. 더더군다나 그 거위가 접시에서 펄쩍 뛰어내려 칼과 포크를 가슴에 품고 이 어린 소녀에게 곧장 걸어왔다.

문득 성냥이 꺼졌다. 두껍고 차가운 벽만 보일뿐이었다.

성냥 하나를 더 밝혔다. 문득 소녀가 몹시도 아름다운 크리스마스트리 아래 앉아 있다. 작년 크리스마스에 부자 상인의 집 유리문을 통해 본 것보다 훨씬 더 아름다웠다. 수천 개의 초가 초록 나뭇가지 위에서 활활 타오르고 판화 가게에 있는 것과 같은 알록달록한 그림이 소녀를 내려다보았다. 어린 소녀는 두 손을 내밀었다.

문득 성냥이 꺼졌다. 크리스마스 불빛은 더 높이 올라갔다. 불빛은 이제 하늘에 환한 별처럼 보였다. 별 하나가 길게 줄을 이루며 떨어져 내렸다. 소녀는 생각했다.

'지금 누군가가 저세상으로 가고 있구나.'

지금은 저세상으로 간, 누구보다 소녀를 사랑했던 할머니는 별이 떨어져 내리면 영혼 하나가 하늘로 올라간 것이라고 말해 주었다.

성냥을 하나 더 벽에 그었다. 다시 환하게 불꽃이 일었다. 그 불꽃 속에 할머니가 친절하고도 사랑스럽게, 맑고 환하게 빛을 내며 서 있었다.

소녀가 외쳤다.

"할머니! 아, 저를 데려가 주세요! 성냥이 꺼지면 할머니가 사라지리란 걸 알아요. 할머니는 따뜻한 난로처럼 사라질 거예요. 저 맛있는 거위와 아름다운 크리스마스트리처럼요!"

소녀는 할머니와 함께 있고 싶었기에 재빨리 성냥 꾸러미를 모두 밝혔다. 성냥이 무척이나 환하게 빛나서 낮보다 더 밝아졌다. 할머니가 그렇게나 웅장하고 아름다운 적이 없었다.

할머니가 소녀를 품에 안았다. 두 사람은 땅 위로 밝고도 경쾌하게 날아올랐다. 아주, 아주 높이. 저 위 추위도 배고픔도, 두려움도 없는 곳으로……. 두 사람은 하느님과 함께 있었다.

하지만 모퉁이에서는, 미소 짓는 입술에 붉은 뺨의 어린 소녀가 벽에 기대어 앉아 묵은해의 마지막 밤에 얼어 죽었다.

새해의 태양이 측은한 한 사람의 모습 위로 떠올랐다. 소녀는 그곳에 얼어 뻣뻣하게 앉아있었다, 거의 다 타버린 성냥 꾸러미를 움켜쥔 채로……

원작으로 읽는 안데르센 동화 5선

미운 아기 오리

The Ugly Duckling

Andersen

The Ugly Duckling

시골에서는 밖이 무척 아름답다. 여름이었다.

밀밭은 황금빛으로, 귀리는 초록빛으로 물들고 아래 푸른 초원에는 건초더미가 쌓였다. 붉은 다리 황새가 종종 돌아다니며 어미 황새한테 배운 이집트 말로 꽥꽥거렸다.

들판과 초원 주위로 너른 숲이 우거지고 한가운데에는 깊은 호수가 여러 개 있었다. 그렇다, 정말이지 시골의 야외 풍경은 아름답다.

따사로운 햇살 속에, 오래된 영주의 저택이 호수에

미운 아기 오리

23

둘러싸여 있다. 영주의 오른쪽 성벽에서 호수 쪽으로 커다란 우엉 잎이 자라는데 어떤 것들은 꽤나 높아서 어린아이들은 커다란 가지 맨 위에 올라가 설 수도 있었다.

숲 자체만큼이나 빽빽한 이 어지러운 나뭇잎 속에 오리 한 마리가 둥지를 틀고 앉아 새끼 오리를 낳고 있다. 어미는 아무래도 점점 지쳐가고 있다. 앉아 있는 게 엄청나게 지루한 일이고 혹시라도 들키면 안 되기 때문이다.

오리들은 이 우엉 잎 아래를 뒤뚱거리며 수다를 떠는 것보다 호수에서 헤엄치는 게 더 좋았다.

마침내 알이 하나씩 하나씩 갈라지기 시작했다.

"빽, 빽!"

어린 것들이 깨어나 울어대며 고개를 내밀었다.

"꽥, 꽥!"

어미 오리가 서둘러 말했다. 새끼들은 모두 종종거리며 나와서 우엉 잎 아래 초록 세상을 보았다. 엄마는 실컷 보게 해주었다. 초록색은 눈에 좋기 때문이다.

"세상 참 넓다."

아기 오리들이 모두 말했다. 알 속보다 지금 확실히 더 넓은 곳에 있었다.
엄마가 아기들에게 물었다.

"여기가 세상의 전부라고 생각하니? 저런, 세상 은 계속해서 뻗어 나간단다. 마당 저쪽으로, 그리고 목사의 들판까지. 난 다 보지도 못했어. 모두 다 알 에서 나왔지?"

어미가 자리에서 일어나며 말했다.

"아니, 아직 아니네. 제일 큰 알이 아직 남아 있구 나. 얼마나 걸리려나? 난 정말이지 몹시 피곤한데."

어미는 다시 둥지에 앉았다.

"자, 어찌 되어 가고 있어요?"

한 나이 든 오리가 찾아와 물었다.
어미는 하나 남은 알에 앉아서 말했다.

"알 하나가 꽤 오래 걸리네요. 갈라질 생각을 안
해요. 그래도 다른 녀석들 좀 보세요. 최고로 귀여
운 아이들이에요. 자기 아빠를 꼭 빼닮았어요. 참!
이런 나쁜⋯⋯! 남편은 털끝조차 안 비치네!"

노인 오리가 말했다.

"아직 갈라지지 않는다는 그 알 좀 들여다봅시
다. 이런, 칠면조 알이네. 확실해요. 나도 한번 속았
던 적이 있어요. 얼마나 애를 먹었는지 몰라요. 녀
석들이 물을 무서워하더라고요. 내가 아무리 악다
구니를 쳐도 아무 소용이 없었어요. 그 알 좀 봐요.
확실히 칠면조 알이에요. 내버려 두고 가서 다른 애
들한테 헤엄치는 법이나 가르쳐요."

"아, 조금만 더 앉아 있을게요. 벌써 아주 오랫동
안 있었는걸요. 며칠 더 앉아 있는 게 낫겠어요."

"맘대로 해요."

노파는 어슬렁어슬렁 멀어져 갔다.
마침내 그 큰 알을 깨고 아기가 나왔다.

"삑."

아기가 아장아장 걸어 나왔는데 엄청나게 크고 못생
겼다.
어미는 아기를 쳐다보고는 말했다.

"어마어마하게 커다란 오리네. 다른 오리하고 조
금도 닮지 않았어. 정말 아기 칠면조일까? 좋아, 좋
아! 내가 곧 알아내겠어. 녀석은 물속에 들어갈 거
야. 내가 밀어 넣어서라도 말이야."

다음 날 날씨가 아주 화창해서 태양이 그 초록 우엉
잎을 비추었다. 어미 오리는 성을 둘러싸고 있는 호수
로 가족을 모두 이끌었다. 첨벙! 어미가 물속으로 들어
갔다.

"꽥, 꽥!"

아기 오리가 한 마리, 한 마리씩 물에 들어갔다. 머리까지 풍덩 빠졌다. 하지만 눈 깜짝할 새 위로 올라와서 완벽하게 둥둥 떠다녔다. 다리가 저절로 움직여서 모두가 호수에 떠 있었다. 그 커다랗고 못생긴 회색 오리조차 내내 헤엄쳤다.

"이런, 칠면조가 아니야. 발도 멋지게 잘 움직이네. 몸도 곧게 펴고. 어쨌거나 내 아들이야. 찬찬히 보면 꽤 잘생겼어. 꽥, 꽥 엄마한테 와라. 엄마가 세상으로 데리고 가서 오리 농장을 보여줄게. 그래도 엄마 옆에 바싹 붙어 있어, 밟히지 않게. 고양이 조심하고!"

그렇게 오리 가족은 농장으로 나아갔다. 그곳에 큰 소동이 벌어지고 있었다. 오리 가족들이 장어 대가리를 두고 싸움을 벌이고 있었기 때문이다. 결국 고양이가 낚아채갔다.

"보라고, 저게 세상이야."

어미도 그 장어 대가리에 군침이 돌았기에 부리를 핥으며 말했다.

"다리를 움직여. 바쁘게 돌아다녀. 저기 나이 든 오리 할머니한테 인사하고. 저 할머니는 아주 고상한 분이야. 스페인 피가 흐르지. 그래서 저리 살집이 좋은 거란다. 다리에 빨간 끈 조각 좀 보렴. 멋지지. 오리가 얻을 수 있는 최고의 표시란다. 그건 사람들이 저분을 놓치고 싶어 하지 않는다는 표시란다. 사람이나 짐승한테 특별한 관심을 끌어. 몸을 털어, 발끝을 안으로 돌리지 말고. 교육을 잘 받은 오리는 발끝을 밖으로 돌린단다. 부모가 하는 것처럼, 이렇게. 그러니까 이제! 이제 목을 숙이고 꽥 소리쳐 봐!"

아기들은 엄마가 시키는 대로 했다. 이들 주위로 다른 오리들이 구경하면서 크게 외쳤다.

"여기 좀 봐요! 또 새끼들이 태어났나 보네. 여기 오리가 부족한 줄 아나? 게다가, 저런! 뭐 저렇게나 못생긴 오리가 다 있지! 못 봐주겠군."

어떤 오리 한 머리가 앞으로 나서더니 회색 오리 목을 콱 물었다.

어미가 소리쳤다.

"그 애 내버려 둬. 그 애는 아무 짓도 안 할 거예요. 그 애가 뭘 어쨌다고 그러는 거야?"

그러자 목을 물었던 오리가 말했다.

"안 하겠지. 근데 너무 크고 이상하잖아. 그러니까 한 번 호되게 맞아야 된다고."

발에 빨간 끈 조각을 단 나이 든 오리가 말했다.

"잘 생긴 아이들을 두셨네요, 어머니. 다들 예뻐요, 저 한 녀석만 빼고요. 제대로 나오지 못했군요. 그 애를 다시 낳을 수도 없고, 안 됐네요."

어미가 되받아쳤다.

"그건 어쩔 수 없는 거예요, 부인. 이 애는 그렇게

잘생기지는 못했어요. 하지만 아주 착하고 다른 아이들만큼 헤엄도 잘 쳐요. 아니, 조금 더 잘 친다고 말해야겠군요. 나이가 들면 외모가 좀 나아질 거예요. 조금 있으면 그렇게 크지도 않을 거예요. 알 속에서 너무 오래 있었어요. 그래서 외모가 좀 다른 거라고요."

어미는 고개를 휙 돌리고는 부리로 새끼 오리의 깃털을 쓰다듬었다.

"게다가 이 아이는 수컷이에요. 그러니까 큰 게 그렇게나 문제가 되지 않을 거예요. 이 아이가 튼튼해질 거라 생각해요. 확실히 대단한 아이가 될 거라고요."

나이 든 오리가 말했다.

"다른 새끼 오리들은 꽤나 귀엽군. 이제 여기 집에서 잘 지내도록 해요. 장어 대가리를 보면 나한테 가져오고요!"

그래서 그곳에서 편안하게 지냈다. 하지만 알에서 마지막으로 나온 그 가엾은 오리, 아주 못생긴 오리는 다른 오리 그리고 닭들한테 이리저리 쪼이고 밀리고 놀림을 당했다.

"저 애는 너무 커."

모두 말했다.

박차처럼 뒤 발톱을 달고 태어났다고 자기가 황제라고 여기는 수컷 칠면조는 돛이 빵빵한 배처럼 몸을 부풀리면서 고르륵 고르륵 위협을 해대서 마침내 아기 오리는 얼굴이 새빨개졌다.

가엾은 아기 오리는 어디에 서 있어야 할지, 어디로 걸어가야 할지 알지 못했다. 자신이 너무도 못생겼기에, 농장 전체의 비웃음거리가 되어 몹시도 슬펐다.

그렇게 첫날이 지나갔다. 그러고 나서 더욱더 심해졌다. 이 불쌍한 새끼 오리는 모두에게 쫓겨 다니면서 얻어맞았다. 형제자매조차 이 아기 오리한테 못되게 굴었다. 형제들은 언제나 이렇게 말했다.

"아, 저 고양이가 너를 확 잡아버리면 좋겠어. 이

원작으로 읽는 안데르센 동화 5선

못생긴 녀석아.”

어미 오리도 말했다.

“차라리 멀리 가버리면 좋겠구나.”

오리들은 이 못생긴 아기 오리를 물어뜯고 암탉들은 콕콕 쪼아댔다. 농장에 모이를 주는 소녀는 발로 이 아기 오리를 툭툭 찼다.

그래서 아기 오리는 달아났다. 울타리를 넘어 멀리 달아났다. 덤불 속의 작은 새들이 놀라 쏜살같이 후다닥 날아올랐다.

'내가 너무 못생겨서 저러는 거야.'

아기 오리는 눈을 질끈 감았다. 그래도 계속해서 달렸다. 마침내 들오리들이 사는 커다란 늪지에 이르렀다. 그곳에서 지치고 상심한 채 밤새도록 누워 있었다.

아침이 되자 들오리들이 날아와서 새로운 친구를 보았다.

“넌 무슨 동물이니?”

아기 오리가 이리저리 몸을 돌리며 모두에게 고개를
숙여 인사하자, 들오리들이 물었다.

들오리들이 말했다.

"너 끔찍하게도 못생겼다. 그래도 뭐, 우리한
테는 상관없어. 네가 우리 집안에 장가를 들지
않는 한……."

가엾은 아기 오리! 결혼은 눈곱만큼도 생각이 없었
다. 갈대밭에 앉아 늪지의 물을 조금 마시게만 해주면
더 이상 바랄 게 없었다.

그곳에서 아기 오리는 이틀을 꼬박 보냈다. 그러다
가 좀 뻔뻔스러운 수컷 기러기 두 마리를 만났다. 확실
히 알에서 나온 지 얼마 되지 않았다.

녀석들이 말했다.

"어이, 거기 친구. 너 참 못생겼구나. 그래서 네가
마음에 들어. 우리한테 와, 같이 철새가 되어 떠돌
아다니자. 근처 다른 늪지에 아름다운 오리들이 있
어. 다들 예쁘고 젊고 노래도 잘해. 네가 아내를 구
할 좋은 기회야. 못생겼지만 운을 믿어 봐."

원작으로 읽는 안데르센 동화 5선

탕! 탕!

허공에 총소리가 울려 퍼졌다. 이 수컷 녀석 두 마리는 갈대밭 사이로 그대로 떨어져 죽었다. 물이 기러기 피로 시뻘겋게 물들었다.

탕! 탕!

총소리가 울렸다. 사격이 또 시작되자 갈대밭에서 기러기 떼가 모두 날아올랐다. 어마어마한 사냥 중이었다. 사냥꾼들은 늪지 주위를 모두 에워쌌는데 어떤 이들은 심지어 갈대 위로 늘어진 나뭇가지에 자리를 잡았다. 파란색 연기가 나무 그늘에서 구름처럼 피어올라 물 위로 저 멀리 흘러갔다.

사냥개들이 뛰어들었다. 첨벙! 늪 사이로 사방에서 갈대가 쓰러졌다.

그 모습이 아기 오리는 너무 무서워서 고개를 돌려 날개 사이로 파묻었다. 하지만 바로 그 순간에 무시무시한 커다란 개 한 마리가 아기 오리 바로 앞에 나타났다. 혀를 주둥이 밖으로 쑥 내밀고 그 사악한 눈동자로 끔찍하게 노려보았다. 커다란 주둥이를 벌려 날카로운 이빨을 번쩍 드러냈다.

철퍽, 철퍽. 사냥개는 아기 오리를 건드리지 않고 계속 걸어갔다.

미운 아기 오리

아기 오리는 한숨을 푹 내쉬었다.

"천만다행이야. 내가 엄청나게 못생겨서 저 개도
굳이 나를 물려고 들지 않네."

오리는 꼼짝도 안 하고 잠자코 있었다. 그 사이 총성
은 계속되어 총알이 갈대밭 사이로 후드득 떨어졌다.

그날 늦게 다시 주위가 잠잠해졌다. 그때조차 이 가
엾은 아기 오리는 감히 움직이지 못했다. 서너 시간이
나 기다리고 나서 과감히 주위를 둘러보았다. 이윽고
그 늪지에서 죽어라 달아났다. 오리는 들판과 초원을
지났다. 바람이 세차게 불어와서 발걸음을 옮기기가
무척이나 힘들었다.

저녁 늦게, 작고 허름한 가축우리에 도착했다. 그 가
축우리는 금방이라도 무너질 것 같았다. 마치 어느 쪽
으로 넘어질지 몰라서 그냥 그렇게 서 있는 듯했다.

바람이 무척이나 세차게 불어서 이 가엾은 미운 오
리는 바람을 견디려 바닥에 주저앉아야 했다. 폭풍은
점점 더 거세졌다. 그래도 경첩 하나가 헐거워진 바람
에 문이 꽤 기울어져서 그 틈으로 몸을 밀어 넣을 수
있다는 것을 알아차렸다.

그래서 안으로 몸을 밀어 넣었다. 거기, 한 노파가 고양이 한 마리와 암탉 한 마리와 함께 살고 있었다. 고양이는 노파가 "우리 아가"라고 불렀는데 등을 둥글게 말기도, 가르랑거리기도, 심지어 털을 곤두세우면 불꽃을 피울 수도 있었다. 암탉은 다리가 무척 짧아서 노파가 '짧은 다리 꼬꼬'라고 불렀다. 짧은 다리 꼬꼬는 알을 잘 낳아서 노파는 마치 자기 아이처럼 이 암탉을 애지중지 여겼다.

아침이 되자 고양이와 암탉은 이 이상한 아기 오리를 금세 알아차렸다. 고양이는 가르랑거리고 암탉은 *꼬꼬댁 꼬꼬* 울어대기 시작했다.

"도대체 무슨 일인데 그러냐?"

노파가 주위를 둘러보았다. 하지만 눈이 좋지 않았다. 그래서 이 아기 미운 오리를 길 잃은 통통한 오리로 착각했다.

"잘 잡았네. 이제 오리 알이 생기겠어. 녀석이 수컷이 아니라면 말이야. 한번 지켜보자꾸나."

그렇게 해서 3주 동안 그럭저럭 지내게 되었다. 하지만 오리는 알을 하나도 낳지 못했다.

이 집에는 고양이가 바깥주인이고 암탉이 안주인이었다. 둘은 언제나 말했다.

"우리가 바로 이 세상이야."

둘은 자기들이 세상의 반이며, 단연코 나머지 반보다 자기들이 낫다고 생각했다. 아기 오리는 다르게 생각했지만 암탉은 귀담아들으려 하지 않았다. 암탉이 물었다.

"너 알 낳을 수 있어?"

"아니."

"그럼 그 입 다물고 있는 게 좋아."

고양이가 물었다.

"너 등을 둥글게 말 수 있어? 가르랑 거리는 건?

불꽃을 피우는 건?”

“아니.”

“그럼 현명하신 분들이 말할 때는 잠자코 있어.”

아기 오리는 몹시 낙담한 채 구석에 앉아 있었다. 그러나 분득 신선한 공기와 햇빛이 기억났다. 호수에서 헤엄치고 싶은 마음이 간절해서 어쩔 수 없이 암탉에게 그 말을 털어놓았다.
암탉이 소리쳤다.

“도대체 뭔 생각을 하는 거니? 할 일이 없구나. 그러니까 그런 멍청한 생각이 드는 거라고. 우리한테 알을 낳아주든지 안 그러면 가르랑거리는 거나 배워. 그러면 그따위 생각이 안 들 거야.”

“하지만 물 위를 둥둥 떠다니면 기분이 정말 좋아. 물속으로 들어갈 때 물이 머리 위로 쏟아지는 느낌이 정말 좋거든.”

"그래 엄청 좋을 거야. 넌 정신이 나간 게 틀림없어. 고양이한테 물어봐. 고양이는 내가 아는 제일 영리한 애거든. 그 애가 헤엄치거나 물속에 들어가는 게 좋은지 어쩐지 말이야. 뭐, 나는 굳이 말하지 않겠어. 그래도 우리 주인 노파한테 물어봐. 이 세상에서 그 노파만큼 현명한 사람은 없으니까. 그 할머니가 헤엄치러 가서 물을 머리 위에 뒤집어쓰는 거 좋아할 것 같니?"

　　"너는 내 말을 이해 못 하는구나."

아기 오리가 대답했다.

　　"저런, 우리가 이해 못 하면 누가 이해를 하니? 혹시 너 고양이하고 노파보다 네가 더 영리하다고 생각하는 거 아니지? 나는 말할 것도 없고……. 꼬맹아, 까불지 마. 너한테 베푼 친절을 감사히 여기라고. 이 아늑한 방에 들어와서 너한테 이래라, 저래라 가르치는 사람들하고 살고 있지 않니? 하지만 넌 지독한 멍청이라서 너랑 있는 건 재미 하나도 없어. 정말이지, 이것도 다 너 잘 되라고 하는 소리야.

듣기 싫은 소리를 하고 있지만, 이게 바로 누가 네 진짜 친구인지 네가 알 수 있는 유일한 길이라고. 그러니 알이나 확실히 낳아. 가르랑거리거나 불꽃을 피우는 걸 어서 빨리 배우라고."

"나는 넓은 세상으로 나가는 게 좋겠어."

"좋을 대로 하셔."

그렇게 오리는 그 집을 떠나 길을 나섰다. 곧 물을 찾아 헤엄도 치고 물장구도 쳤다. 하지만 살아있는 동물은 모두가 아기 오리가 못생겼다며 무시했다.

가을이 되어, 숲속 나뭇잎은 알록달록 단풍이 들고, 바람은 나뭇잎을 멀리멀리 데리고 갔다. 눈과 폭풍으로 구름이 낮게 깔리자 하늘이 꽁꽁 얼어붙은 듯 보였다. 까마귀가 울타리에 앉아 비명을 질러대며 추위에 벌벌 떨었다.

"깍! 깍!"

추위를 생각하자 오리는 몸이 부르르 떨렸다. 가엾

은 오리!

어느 날 저녁, 태양이 자취를 감추자 갈대밭에서 아주 멋지고 커다란 새 무리가 나타났다. 아기 오리는 그렇게 아름다운 새를 본 적이 없었다. 이 새들은 우아하고 긴 목이 달렸는데 새하얗게 빛났다.

백조였다. 이 새들은 보다 따뜻한 땅, 그리고 드넓은 물을 향해 이 차가운 땅에서 날아오르려 웅장한 날개를 펴며 이상한 울음을 토해냈다. 새들은 높이, 아주 높이 올라갔다. 못생긴 아기 오리는 이 새들을 지켜보면서 왠지 모르게 마음이 불편했다. 물속을 바퀴처럼 빙글빙글 돌았다. 아기 오리는 이 새들이 지나간 자리를 따라서 목을 길게 빼고는 기괴하고도 야릇한 소리를 질렀다. 스스로도 깜짝 놀랐다.

아! 아기 오리는 저 화려하고 행복한 새들을 잊을 수가 없었다. 더 이상 그 새들이 눈에 들어오지 않게 되었을 때, 아주 깊숙이 물속으로 들어갔다. 다시 물 위로 올라왔을 때는 어쩔 줄을 몰랐다.

그 새들이 무슨 새인지, 어디로 가는지 몰랐다. 하지만 그 어느 것보다 그 새들을 사랑했다. 부러워서가 아니었다. 어떻게 자신이 그렇게나 대단한 아름다움을 꿈꾸고 바랄 수 있을까? 오리들이 자신을 견뎌준다면 그저 고맙기만 할 것이다. 가엾은 미운 아기 오리.

겨울은 점점 추워졌다. 어찌나 추운지 물이 얼지 않도록 계속해서 물속에서 이리저리 헤엄쳐야 했다. 하지만 밤마다 헤엄치는 구멍은 계속해서 작아졌다.

이윽고 물이 꽁꽁 얼어서 오리는 그 쩍쩍거리는 얼음이 다가오지 못하도록 계속 움직였다. 마침내 움직이기도 너무 지쳤다. 얼음 속에서 꽁꽁 얼어붙고 말았다.

아침 일찍 농부가 지나가다가 보고 연못으로 가서 나무 신발로 얼음을 깨고는 아기 오리를 아내가 있는 집으로 데려갔다. 거기에서 살아나긴 했지만, 아이들이 오리와 놀려고 했을 때, 오리는 자신을 해치는 줄 알고 놀라 우유 통으로 뛰어 들어가다가 사방에 우유를 흩뿌리고 말았다. 부인이 비명을 질러대며 두 손을 들어 올리자 오리는 버터 통으로 날아갔다가 여물통을 드나들었다.

이제 오리가 어찌 보이는지 상상해 보라! 여인은 비명을 지르며 부집게로 오리를 후려쳤다. 아이들은 오리를 잡으려다 서로 걸려 넘어졌다. 깔깔 웃으며 소리를 질러댔다. 다행히도 문이 열려 있었다. 오리는 수풀 속으로 달아났다. 그곳 새로 내린 눈 속에 어리둥절한 채 잠자코 있었다.

오리가 이 혹독한 겨울 동안 견뎌야 했던 고난과 비참함은 너무 슬퍼서 이루 다 말로 표현할 수 없을 것이다. 따뜻한 태양이 한 번 더 비출 때, 아기 오리는 그래도 늦지 갈대밭에서 목숨을 부지하고 있었다.

종달새가 다시 지저귀기 시작했다. 아름다운 봄이 되었다.

그런데 문득 아기 오리는 날개를 들어보았다. 전보다 더 힘차게 공기를 갈랐다. 힘이 좋으니 오리의 몸을 멀리 데리고 나갔다. 무슨 일인지 미처 알아차리기도 전에 자신이 사과나무 꽃이 활짝 핀 커다란 정원에 있다는 것을 알았다. 달콤한 라일락 향기 가득하고 긴 꽃송이가 달린 초록색 가지가 구불구불 흐르는 시내 위로 드리워져 있다. 아, 여기는 무척이나 사랑스럽고 싱그러운 봄이다!

미운 오리 앞 덤불 속에서 아름다운 하얀 백조 세 마리가 다가왔다. 백조들은 깃털을 곤두세우고는 시냇물 속에서 경쾌하게 헤엄쳤다. 아기 오리는 저 고상한 동물들을 알아보았다. 그러자 야릇한 슬픔이 밀려왔다.

"난 저 고귀한 새들 가까이 날아가겠어. 저 새들은 나를 콕콕 찌르려 들겠지. 못생긴 주제에 다가온

다고 말이야. 하지만 난 신경 쓰지 않겠어. 저 백조
들한테 죽는 게 더 나아, 오리들한테 물리고, 암탉
한테 쪼이고, 닭장 소녀한테 발로 차이고, 겨울에
죽도록 고생하는 것보다는……."

그렇게 아기 오리는 물속으로 날아 들어가 그 화려
한 백조들을 향해 헤엄쳐갔다. 백조들이 미운 아기 오
리를 보고는 깃털을 부풀리며 스르르 다가왔다.

"나를 죽여요!"

가엾은 아기 오리가 말했다. 그러면서 죽음을 기다
리며 물 위로 고개를 숙였다. 하지만 거기 투명한 시냇
물에 비친 오리가 본 모습은……? 오리는 자신의 모습
을 보았다. 더 이상 꼴사납고 못생긴 잿빛 새의 모습은
보이지 않았다. 바로 자신의 모습이 보였다! 오리 농장
에서 내어난 건 아무 문제가 아니다……; 백조의 알에
서 나왔다면.

미운 아기 오리는 무수한 고난과 역경을 거쳤기에
무척 기뻤다. 이제 자신이 만난 행운과 아름다움을 완
전히 이해했다. 커다란 백조들이 주위로 다가와 부리

로 쓰다듬어 주었다.

몇몇 어린아이들이 정원으로 와서 물 위로 곡식과
빵조각을 던졌다. 가장 어린아이가 소리쳤다.

"여기 백조 한 마리가 새로 왔어."

다른 아이들도 즐겁게 외쳤다.

"그래, 새 백조가 왔어."

아이들은 손뼉을 치며 빙글빙글 춤을 추고는 부모님
을 데리고 왔다.

사람들은 빵과 과자를 던져 주었다. 모두들 입을 모
아 말했다.

"새로운 백조가 제일 잘생겼구나. 아주 젊고 무
척 예뻐."

나이 든 백조들이 기쁘게도 고개를 숙였다.

그러자 아기 오리는 너무 부끄러워서 고개를 날개
속에 파묻었다. 이게 다 어찌 된 일인지 알지 못했다.

무척이나 행복했지만 전혀 자랑스러워하지 않았다.

착한 마음씨는 절대 그런 법이 없기 때문이다. 자신이 무시당하고 놀림 당하던 일을 떠올렸다.

그런데 이제 모두들 가장 아름답고 아름다운 새라고 칭찬하는 소리가 들렸다. 라일락은 이 백조 앞 시냇물에 꽃송이를 담갔다. 태양은 아주 따스하고도 포근하게 비추었다. 어린 백조는 깃털을 부풀리고는 가녀린 목을 높이 들고 가슴이 터질 듯 소리쳤다.

"못생긴 오리였을 때는 이렇게나 큰 행복을 꿈도 꿀 수 없었어."

미운 아기 오리

엄지 공주

Thumbelina

Andersen

Thumbelina

옛날에 아주 작은 아이를 무척이나 갖고 싶어 하는 한 여인이 있었다. 하지만 이 여인은 어디에 가면 아이를 구할 수 있는지 알지 못했다. 그래서 늙은 마녀를 찾아가서 물었다.

"아주 작은 아이를 하나 갖고 싶은데, 어디에 가면 아이를 찾을 수 있는지 말해주세요."

"저런, 그건 아주 쉬워. 여기 보리 씨앗을 하나 주

지. 하지만 이건 농부가 밭에서 키우는 보리 씨앗이
라든가 닭이 쪼아 먹는 것들과는 달라. 화분에 이걸
심어 두고, 어찌 되는지 보라고.”

마녀는 그렇게 말했다.

  “아, 감사해요!”

  여인은 마녀에게 12페니를 주고 집에 오자마자 그
보리 씨앗을 화분에 심었다. 씨앗은 꽤나 빨리 자라서
곧 커다란 꽃을 피웠다. 튤립 꽃처럼 보였다. 하지만
여전히 봉오리인 채로 꽃잎을 꽉 다물고 있었다.
  여인이 말했다.

  “정말 예쁜 꽃이네.”

  그러면서 그 사랑스러운 붉은색, 노란색 꽃잎에 입
을 맞추었다. 그런데 입을 맞추는 순간 꽃에서 소리가
터져 나왔다! 그러더니 꽃이 피었다. 아니나 다를까 튤
립 꽃이었다. 한가운데 연두색 꽃 수술 위에 아주 작은
소녀가 앉아 있었다. 소녀는 예쁘고 고와 보였다. 하지

만 엄지보다도 크지 않았다. 그래서 여인은 이 아이를 엄지 공주라고 불렀다.

반짝반짝 빛나는 호두 껍데기를 요람으로 삼았다. 이부자리는 파란색 바이올렛 꽃잎으로 만들고 장미 꽃 잎으로 덮어주었다. 소녀는 밤에는 그렇게 잠을 잤다. 낮에는 여인이 꽃으로 장식된 접시에 놓아준 탁자에서 놀았다. 꽃줄기는 큼지막한 꽃잎이 둥둥 떠다니는 물에 담겨 있었다. 엄지 공주는 그 꽃잎을 배로, 하얀색 말 털 한 쌍을 노로 삼아 접시의 멋진 풍경을 가로지르며 노를 저을 수 있었다. 소녀는 노래도 부를 줄 알았다. 목소리는 누구보다 부드럽고 달콤했다.

어느 날 밤, 요람에 누워 있는데 끔찍한 두꺼비 한 마리가 망가진 창문 틈으로 펄쩍펄쩍 뛰어 들어왔다. 이 흉측하며 끈적끈적하고 큼지막한 두꺼비는 빨간 장미 꽃잎 속에 잠들어 있는 엄지 공주에게 곧장 뛰어 내려갔다.

이 두꺼비는 좋아서 쾌재를 불렀다. 엄지 공주가 자고 있는 호두 껍데기를 움켜잡고는 창문 밖으로 펄쩍 뛰어 마당으로 나갔다. 마당에는 폭넓은 시냇물이 흐르고, 시내 둑을 따라 진흙탕이 있었다. 이 두꺼비는 바로 거기에서 아들과 함께 살았다. 이런, 아들은 자기

어미하고 비슷하게 끈적끈적하고 끔찍했다. 호두 껍데기 속에 든 이 우아하고 사랑스러운 소녀를 보고는 아들 두꺼비가 하는 말은 고작 '코……윽스, 코……윽스, 브레……엑……에크……켁!'이 다였다.

어미 두꺼비가 주의를 주었다.

"큰 소리 내지 마라. 그랬다가는 이 아이 깨겠다. 우리한테서 도망갈 수도 있어. 이 아이는 백조 깃털만큼이나 가볍거든. 시냇물 속 넓은 수련 잎 안에 놓아두어야 해. 이 아이는 하도 작고 가벼우니까 거기가 섬 같을 게다. 거기에서는 우리가 진흙 속에 너희 두 사람이 살 멋진 방을 만드는 동안 달아나지 못할 거야."

시냇물 속에는 잎 넓은 초록색 수련이 많이 자라고 있었는데 꼭 물 위에 둥둥 떠 있는 것처럼 보였다. 둑에서 가장 멀리 떨어진 잎이 가장 컸기에 어미 두꺼비는 바로 그 이파리에 엄지소녀가 든 호두 껍데기를 가져다 놓았다.

다음 날 아침, 이 가엾은 어린 것이 깨어났다. 자신이 어디에 있는지 깨닫고는 쓰디쓴 눈물을 흘렸다. 온통 큼지막한 초록색 잎으로 둘러싸인 물뿐이었다. 물가로 다가갈 방법이 전혀 없었다. 어미 두꺼비는 진흙 속에 앉아 초록 등심초와 노란 수련으로 새 며느리에게 보여줄 방을 최고로 멋지게 꾸몄다. 문득 어미 두꺼비와 못생긴 아들이 엄지 공주가 서 있는 이파리로 헤엄쳐 왔다. 둘은 그 예쁜 침대를 가지러 왔다. 소녀를 신혼방에 데리고 가기 전에 그 침대를 옮겨두려 했다.

어미 두꺼비가 소녀 앞에서 깊이 무릎을 숙이며 말했다.

"우리 아들이다, 네 신랑이 될 거란다. 이 진흙, 즐거운 집에서 함께 살 거야."

아들 두꺼비가 하는 말은 고작 '코……옥스, 코……옥스, 브레……엑……에크……켁!'이 다였다.

이윽고 두꺼비들은 그 앙증맞은 침대를 가지고 멀리 헤엄쳐 갔다. 엄지 공주는 초록 이파리에 홀로 남아 털썩 주저앉아 울음을 터뜨렸다. 그 끈적거리는 두꺼비 집에서 살고 싶지 않았다. 두꺼비의 끔찍한 아들을 남편으로 맞고 싶지도 않았다.

아래 물속에서 헤엄치던 물고기들은 그 두꺼비도 보

고 소녀의 말도 들었다. 그래서 작은 소녀를 보려 고개를 빼꼼 내밀었다. 소녀를 보자마자 저렇게나 예쁜 사람이 흉측한 두꺼비와 살러 가야 한다니 무척 안쓰러운 마음이 들었다.

아니, 그럴 수는 없지! 물고기들은 소녀가 있는 이파리의 줄기에 모여서 그 줄기를 이빨로 갉아댔다. 나뭇잎은 시냇물 아래로 흘러가고 엄지 공주도 흘러가, 두꺼비들이 잡을 수 없는 곳까지 멀리 떠내려갔다.

엄지 공주는 여러 곳을 지나쳤다. 그때 덤불 속에서 작은 새들이 소녀를 보고 재잘거렸다.

“정말이지 사랑스럽고 귀여운 소녀로군.”

나뭇잎은 멀리멀리 떠내려가서 소녀는 나그네가 되었다.

사랑스러운 하얀 나비가 소녀 주위를 계속 팔랑거리며 날아다니더니 소녀를 감탄해 마지않으며 그 나뭇잎에 사뿐히 내려앉았다. 소녀는 다시 기분이 좋아졌다. 이제 그 두꺼비가 소녀를 잡을 수는 없었다. 둥둥 흘러가니 모든 게 무척 사랑스러웠다. 태양이 물에 닿자 황금빛으로 빛났다. 소녀는 허리띠를 풀어 한쪽 끝을 나비에게 묶고 다른 쪽 끝을 나뭇잎에 단단히 묶었다. 그러자 훨씬 더 빨라졌다. 소녀는 나뭇잎 위에 서 있었다.

그런데 문득 커다란 왕풍뎅이 한 마리가 옆으로 날아가다가 소녀를 흘끗 보았다. 즉시 발톱으로 소녀의 그 가느다란 허리를 움켜잡고는 한 나무로 날아갔다. 그 초록색 나뭇잎은 시냇물 아래로 흘러가고 나비도 나뭇잎과 같이 흘러갔다. 나비는 묶여 있었기에 풀려 날 수가 없었다.

이런! 풍뎅이가 사랑스러운 엄지 공주를 나무로 끌고 갔을 때 소녀는 얼마나 놀랐을까? 하지만 소녀는 그 착한 하얀 나비를 나뭇잎에 묶었기에 정말이지 무척 미안했다. 달아나지 못한다면, 굶어 죽을 수밖에 없기 때문이었다.

하지만 왕풍뎅이는 그런 걸 신경 쓸 위인이 아니었다. 소녀를 나무의 제일 커다란 잎에 앉혀두고 소녀에게 꽃에서 꿀을 따다 주면서 풍뎅이를 조금도 닮지 않았다며, 소녀가 예쁘다고 말했다.

잠시 후, 그 나무에 사는 다른 풍뎅이들이 모두 찾아왔다. 소녀를 빤히 쳐다보며, 암컷 풍뎅이들이 자기들 더듬이를 비비며 말했다.

"저런 다리가 고작 두 개뿐이네, 정말 볼썽사납다!"

다른 암컷 풍뎅이가 말했다.

"더듬이도 없어."

"허리가 쪼그라들었어. 아휴, 창피해라! 인간처럼 보이는데. 정말 못생겼다!"

암컷 풍뎅이들이 모두 입을 모아 말했다.

하지만 엄지 공주는 변함없이 사랑스러웠다. 소녀를 데리고 날아간 왕풍뎅이조차 그것을 알았다. 하지만 한 마리도 빠짐없이 계속해서 소녀가 추하다고 소리쳤다. 마침내 왕풍뎅이도 그 말에 동의하고는 소녀와 어울리려 하지 않았다. 소녀는 원하는 대로 갈 수 있었다. 풍뎅이들은 소녀를 그 나무에서 데리고 가 데이지 꽃 한 송이 위에 남겨 두었다. 소녀는 자신이 너무 추했기에 풍뎅이들이 어울리려고 하지 않아서 그곳에 앉아 울었다.

그럼에도 불구하고 소녀는 누가 봐도 무척이나 사랑스러웠으며 장미 꽃잎만큼이나 연약하고 섬세했다.

여름 내내 가엾은 엄지 공주는 숲속에 혼자 살았다. 비를 피하려 풀로 해먹을 짜서 커다란 우엉 아래 매달아 두었다. 꽃에서 꿀을 따 먹고 매일 아침 나뭇잎에 맺히는 이슬을 마셨다. 이렇게 여름과 가을이 지나갔다.

이윽고 가을이 오더니 길고 추운 겨울이 왔다. 소녀를 위해 달콤하게 노래 부르던 새들은 모두 멀리 날아갔다. 나무와 꽃은 다 시들었다. 소녀가 그 아래 살았던 커다란 우엉 잎도 쪼그라들어 바싹 마른 누런 줄기만 남았다. 소녀는 무척 추웠다. 옷은 낡아 실오라기만 남은 데다 소녀는 무척이나 호리호리하고 연약했기 때문이다. 가엾은 엄지 공주는 얼어 죽을 것이다!

눈이 내리기 시작했다. 눈송이 하나가 소녀를 칠 때마다 삽 한가득 눈을 맞은 것 같았다. 우리는 키가 크지만 소녀는 고작 1인치 정도였다. 소녀는 시든 나뭇잎으로 몸을 감쌌지만 온기를 조금도 느낄 수 없었다. 추위에 바들바들 떨었다.

이제 소녀는 숲 끝자락에 도착했는데, 그곳에 넓은 들판이 펼쳐져 있었다. 하지만 오래전에 추수가 끝났기에 꽁꽁 언 땅에 바싹 마르고 앙상한 그루터기만 삐죽 나왔을 뿐이다. 소녀가 드넓은 숲속에서 당황해하며 추위에 어찌나 떨었는지!

문득 밭에 사는 쥐의 문 앞에 이르렀다. 이 들쥐는 그루터기 한가운데 작은 구멍에서 따뜻하고 아늑하게 살았다. 창고 가득 곡식이 있고, 어마어마한 부엌과 음식 창고도 있었다. 가엾은 엄지 공주는 그 문 앞에 거지처럼 서서 보리를 조금만 달라고 애원했다. 지난 이틀 동안 먹은 게 아무것도 없었다.

"저런, 불쌍한 어린 것."

들쥐가 말했다. 알고 보니 이 들쥐는 마음이 따뜻한 노파였다. 들쥐는 엄지 공주가 퍽 마음에 들어 이렇게 말했다.

"네가 괜찮다면, 겨우내 나와 함께 지내도 괜찮아. 그 대신에 내 방을 깨끗하게 정리해 주고 나한테 이야기를 들려주면 돼. 난 이야기를 무척 좋아하거든."

엄지 공주는 이 친절하고 나이 든 들쥐가 부탁한 대로 해주며 좋은 시간을 보냈다.
들쥐가 말했다.

원작으로 읽는 안데르센 동화 5선

"곧 손님이 올 거야. 일주일에 한번 우리 이웃이 나를 보러 온단다. 그 손님은 나보다 사는 형편이 훨씬 더 나아. 집에 방도 다 크고, 근사한 검은 벨벳 코트를 입지. 네가 그 사람을 남편으로 맞으면 너는 보살핌을 잘 받게 될 거야. 하지만 그 손님은 앞을 보지 못해. 너는 그 손님한테 네가 아는 제일 좋은 이야기를 들려줘야 할 거야"

엄지 공주는 이 제안이 마음에 들지 않았다. 그 이웃이 두더지였기에 관심도 두지 않았다. 두더지는 검은색 벨벳 코트를 입고 찾아왔다. 들쥐는 이 두더지가 얼마나 돈이 많고 지혜로운지 그리고 두더지의 집이 자기 집보다 스무 배나 크다고 떠들어댔다. 하지만 아는 것이 그렇게 많아도 태양과 꽃에 대해서는 전혀 알지 못했다. 한 번도 눈길을 준 적이 없었기에 그런 것에 대해 할 말이 딱히 없었다.

엄지 공주가 노래를 부를 때가 되어 '풍뎅이, 풍뎅이야 집으로 멀리 날아라.' 그리고 '수도승이 길을 떠나다.'를 불렀다. 두더지는 달콤한 이 목소리에 푹 빠지고 말았지만 아무런 말도 하지 않았다. 퍽이나 신중한 두더지였다.

두더지는 자기 집 땅에서 이 둘의 집까지 긴 굴을 파 놓았다. 들쥐와 엄지 공주가 내킬 때마다 이용해도 좋다고 했다. 하지만 터널에 죽은 새가 있는데 놀라지 말라고 주의를 주었다. 깃털과 부리가 달린 완벽한 새였다. 겨울에 접어들었을 때, 얼마 전에 죽은 게 틀림없었다. 새는 터널 한가운데 묻혔다.

　두더지는 입에 썩은 나무 횃불을 물었다. 어둠 속에서 그것이 모닥불처럼 환하게 빛을 냈다. 앞장서서 길고 어두운 통로를 비추었다. 그 죽은 새가 있는 곳에 도착했을 때, 두더지는 그 널찍한 코를 천정에 대고 햇빛이 떨어져 내리게 커다란 구멍을 냈다. 바닥 한가운데 죽은 제비가 사랑스러운 날개를 접고 고개를 깃털 속에 묻고 누워있다. 이 가여운 새는 확실히 추워서 죽은 게 틀림없었다. 소녀는 제비가 무척 안쓰러웠다. 여름 내내 노래하며 재잘거렸던 그 작은 새를 무척 좋아했었다. 하지만 두더지는 새를 그 짧은 다리로 툭 차고는 말했다.

　"이제 더 이상 지지배배 울어대지 않겠군. 비참하게도 작은 새로 태어나다니. 다행스럽게도 내 아이들은 아무도 새가 될 리가 없어. 새들은 고작 지

지배배 울어대기만 하니, 겨울이 오면 죽기에 딱 십
상이야.”

들쥐도 맞장구를 쳤다.

“그래요, 지당하신 말씀이에요. 당신은 참 현명
해요. 겨울에 지지배배 울어대 봤자 새한테 무슨 소
용이에요. 배고파 얼어 죽는데 말이에요. 그래도 그
걸 아주 대단하다고 여기는 것 같더라고요.”

엄지 공주는 잠자코 있었다. 일행이 등을 돌렸을 때
소녀는 허리를 숙여 새 머리를 감싸고 있는 깃털을 옆
으로 살며시 쓰다듬고는 감은 눈에 입을 맞추었다.
그러고는 혼잣말을 했다.

“여름에 내게 무척이나 아름다운 노래를 불러
준 그 새일지도 몰라. 나를 얼마나 기쁘게 해주었
는데, 사랑스러운 새야.”

두더지는 햇빛이 들어오게 했던 구멍을 막았다. 그
러고는 둘을 데리고 집으로 갔다. 그날 밤 엄지 공주는

엄지 공주

한숨도 잠을 잘 수가 없었다. 그래서 일어나 지푸라기로 커다란 덮개를 짰다. 그것을 그 죽은 새에게 가지고 가서 덮어 주었다. 그러면 차디찬 땅속에 따뜻하게 누워있을 것이다. 소녀는 들쥐의 방에서 찾아낸 부드러운 엉겅퀴 줄기로 제비를 잘 여며주었다.

"안녕, 사랑스러운 작은 새야. 안녕, 그리고 지난 여름 아름다운 노래를 불러주어 고마워. 나무들이 온통 푸르고 태양이 우리를 따뜻하게 비추어 주었을 때 말이야."

소녀는 새의 가슴에 머리를 내려놓았다. 그런데 가슴이 마치 안에서 무언가 두드리고 있는 것처럼 살며시 뛰는 게 느껴졌다. 새의 심장이었다. 새는 죽지 않았다. 추위로 그저 말을 할 수 없을 뿐이었다. 이제 몸이 따뜻해져서 다시 살아났다.

가을에 제비들은 모두 따뜻한 나라로 날아간다. 하지만 너무 늦게 출발해 추워지면, 마치 죽은 것처럼 뚝 떨어져 내려 그대로 눕는다. 그러면 차가운 눈이 제비를 덮어 버린다.

엄지 공주는 너무 놀라 몸을 떨었다. 자신의 1인치의

원작으로 읽는 안데르센 동화 5선

키에 비하면 새는 엄청나게 크고 어마어마했다. 하지만 소녀는 용기를 그러모아 이 가엾은 새 주위로 그 따뜻한 것을 좀 더 넣어주고 자기 침대를 덮어놓은 박하나뭇잎을 가져다가 새의 머리 위에 덮어 주었다.

다음 날 밤 다시 살금살금 밖으로 나가 새에게 갔다. 새는 이제 살아났다. 하지만 너무 허약해서 잠깐 동안 눈을 뜨고 소녀를 가까스로 볼 뿐이었다. 소녀는 새 옆에서 횃불 하나를 들고 있었는데 그게 유일한 불길이었다.

병약한 제비가 말했다.

　"고마워, 사랑스러운 소녀야. 몹시 따뜻했어. 곧 다시 튼튼해져서 따뜻한 햇볕 속을 날 수 있을 거야."

　"아, 밖은 추워, 눈이 내리고 꽁꽁 얼어붙었어. 네 따뜻한 잠자리에 그냥 누워있어, 내가 너를 보살펴줄게."

이윽고 소녀는 꽃잎에 물을 담아 제비에게 가져다주었다. 제비는 물을 마시고는 가시덤불에 날개 하나를 다쳤다는 이야기를 들려주었다. 그 때문에 친구들이

멀리 날아갈 때 친구들만큼 빨리 날 수가 없었던 것이
다. 그러다 마침내 땅으로 떨어졌다. 그것만 기억났다.
어찌하여 소녀가 있는 곳에 왔는지 전혀 알지 못했다.

제비는 겨우내 그곳에 머물렀다. 엄지 공주는 제비
에게 친절했으며 사랑스럽게 보살펴 주었다. 들쥐라
든가 두더지에게는 아무런 말도 하지 않았다. 둘 다 이
불운한 제비를 좋아하지 않았기 때문이다.

봄이 오고 태양이 땅을 따뜻하게 덮여주자 제비는
작별 인사를 할 때라고 말했다. 두더지가 천정에 뚫었
던 구멍을 엄지소녀가 다시 열자 태양이 둘을 쨍하니
비추었다. 제비는 자신과 함께 가자고 했다. 엄지 공주
는 제비 등에 올라타서 푸른 숲을 멀리 날아갈 수도 있
었다. 하지만 엄지 공주는 자신이 그렇게 떠난다면 들
쥐 노파가 몹시 마음 아파할 것이란 걸 알았다. 그래서
이렇게 말했다.

"아니, 난 갈 수 없어."

그러자 제비가 말했다.

"잘 있어, 잘 있어. 착한 소녀야."

그러고는 햇빛 속으로 날아갔다. 제비가 가는 모습을 지켜보자 소녀는 눈물이 흘러나왔다. 불쌍한 제비를 퍽 좋아했다.

"지지배배!"

제비가 지저귀며 푸른 숲으로 날아갔다.
엄지 공주는 몹시 풀이 죽었다. 따뜻한 햇살 속으로 나갈 수가 없었다. 더더군다나 들쥐 집 위 밭에 심은 곡식이 몹시 높게 자라서 고작 1인치 밖에 안 되는 어린 소녀에게는 깊디깊은 숲과 같았다.
들쥐가 말했다.

"너는 올여름에 혼숫감을 마련해야 해."

검은 벨벳 코트를 입은 그 역겨운 두더지 이웃이 엄지 공주에게 청혼을 했기 때문이었다.

"두더지의 아내가 되면 모직, 마직 천이 다 있어
야 해. 침구와 옷장도⋯⋯."

엄지 공주는 물레를 돌려야 했다. 들쥐는 거미 네 마리를 시켜서 밤낮으로 소녀를 위해 옷감을 짜라고 했다. 두더지는 매일 밤 찾아왔다. 두더지는 태양이 지금 땅을 돌덩이처럼 딱딱하게 구워서 여름이 끝날 때 무척 뜨거울 것이라는 말을 자주 했다.

그렇다, 여름이 지나가자마자, 두더지는 엄지 공주와 결혼을 할 것이다. 하지만 소녀는 따분한 두더지가 조금도 좋지 않았기에 그 말이 전혀 마음에 들지 않았다. 매일 아침 해가 뜨고 매일 저녁 해가 지면 소녀는 문밖으로 몰래 빠져나오곤 했다.

산들바람이 불어 이삭을 헤쳐 놓으면, 파란 하늘 조각이 언뜻언뜻 보였다. 집 밖이 얼마나 환하고 멋진지, 좋아하는 제비를 다시 볼 수 있으면 얼마나 좋을까 꿈을 꾸었다. 하지만 제비는 돌아오지 않았다. 틀림없이 제비는 저 멀리 사랑스러운 푸른 숲속에서 날고 있을 것이다.

가을이 되자 소녀의 혼숫감이 전부 다 준비되었다.

들쥐가 소녀에게 말했다.

"결혼식이 4주 남았구나."

하지만 소녀는 울음을 터뜨리며 그 지긋지긋한 두더지를 남편으로 삼을 수 없다고 말했다.

들쥐가 나무랐다.

"허튼소리, 고집부리지 마라. 그랬다가는 내 이 이빨로 확 깨물어 버릴 테니까. 넌 최고의 남편을 얻게 되는 거라고. 여왕도 두더지가 입고 있는 검은 벨벳 코트만큼 좋은 걸 입지 못해. 두더지의 부엌과 지하 창고에는 음식이 빼곡해. 그 사람을 남편으로 맞는 것을 신께 감사히 여겨야 한다고."

이윽고 결혼식 날이 되었다. 두더지는 엄지 공주를 집으로 데려가려 왔다. 두더지가 햇빛을 싫어하기 때문에 다시는 따뜻한 햇볕 속으로 절대 나오지 못하고 깊은 땅속에서 살아야만 할 것이다. 불쌍한 어린 소녀는 몹시 상심해서 찬란하게 빛나는 태양에게 작별 인사를 해야 했다. 들쥐는 적어도 문가에서 밖을 내다보게는 해주었다.

"안녕, 밝은 태양아!"

소녀가 말했다. 태양을 향해 팔을 쭉 펴고 들쥐의 집에서 살짝 걸어 나왔다. 추수가 끝났기에 바짝 마른 그루터기만 밭에 남았다.

아직 피어 있는 빨간색 작은 꽃을 왈칵 껴안으며 다시 소리쳤다.

"안녕. 안녕!! 사랑하는 내 제비를 보거든, 내 사랑을 전해줘."

"지지배배! 지지배배!"

느닷없이 머리 위로 지저귀는 소리가 들렸다. 소녀가 고개를 들어보니 거기에 그 제비가 막 지나가고 있었다. 제비는 엄지 공주를 보고 무척이나 반가웠다. 하지만 두더지와 결혼해서 햇빛이 절대로 들지 않는 땅속 깊은 곳에 사는 것이 몹시도 싫다고 말할 때는 눈물을 참을 수가 없었다.

제비가 말했다.

"이제 추운 겨울이 오고 있으니 나는 멀리, 멀리 따뜻한 나라로 날아갈 거야. 나하고 같이 가지 않을래? 내 등에 타도 좋아. 네 허리띠로 네 몸을 묶어. 그러고 나서 우리 날아가자. 흉측한 두더지하고 그 시커먼 구멍에서 멀리, 멀리, 멀리.

산을 넘어 태양이 여기보다 훨씬 더 멋지게 비추는 따뜻한 나라로……. 언제나 여름이어서 언제나 꽃이 피는 곳으로……. 제발 나와 함께 가지. 사랑스러운 엄지 공주야, 넌 내가 땅속 어두운 구멍에서 꽁꽁 언 채 누워있을 때 내 목숨을 구해 주었어.”

“좋아, 너와 함께 가겠어.”

엄지 공주가 말했다. 소녀는 제비 등에 앉아서 쭉 편 날개 뒤에 발을 올려놓고 가장 튼튼한 깃털 하나에 허리띠를 단단히 조였다. 이윽고 제비가 숲 위로, 호수 위로, 언제나 눈으로 덮여 있는 거대한 산맥 위로 날아올랐다. 차가운 공기에 추위를 느낄 때면 소녀는 새의 따뜻한 깃털 속으로 파고들고는 자그마한 머리를 밖으로 빼꼼 내민 채 아래 펼쳐지는 멋진 풍경을 지켜보았다.

마침내 둘은 따뜻한 나라에 도착했다. 태양은 여기

에서 어느 때보다 훨씬 환하게 빛났다. 하늘은 두 배로 높은 듯했다. 도랑과 울타리를 따라 탐스러운 초록색, 파란색 포도가 자랐다. 레몬과 오렌지가 나무에 주렁주렁 매달렸다. 공기에서는 달콤한 풀 향기가 가득했다. 길옆으로 사랑스러운 어린이들이 고운 빛깔의 나비들과 놀며 이리저리 뛰어다녔다.

하지만 제비는 훨씬 더 멀리 날았다. 점점 더 아름다워졌다. 웅장한 초록 숲 아래, 파란 호숫가에 반짝반짝 빛나는 하얀 대리석으로 지은 오래된 성이 서 있었다. 우뚝 솟은 기둥에는 포도 덩굴이 이리저리 감겨있고 그 기둥 위에 제비 여러 마리가 둥지를 틀었다. 그중 하나가 엄지 공주를 데리고 온 제비의 것이었다.

제비가 공주에게 말했다.

"여기는 내 집이야. 네가 저 아래 활짝 핀 예쁜 꽃 하나에서 살고 싶다면, 너를 그 안에 놓아줄게. 그러면 네가 하고 싶은 대로 할 수 있을 거야."

소녀는 앙증맞은 손을 부딪치며 소리쳤다.

"그거 멋지겠다."

거대한 하얀색 대리석 기둥이 땅으로 쓰러져 세 조각으로 부러진 게 있었다. 기둥 사이에 큼지막한 하얀색 예쁜 꽃이 자랐다. 제비는 엄지 공주를 그곳으로 데리고 가 큰 꽃잎 하나에 내려놓아주었다.

소녀는 깜짝 놀랐다, 그 꽃 한가운데 작은 남자가 있었다. 마치 유리로 만든 것처럼 투명하게 빛났다. 머리에 자그마한 황금 왕관을 쓰고 어깨에 환하게 빛나는 날개가 달려 있었다. 남자는 엄지 공주보다 조금도 크지 않았다. 남자는 꽃의 영혼이었다. 모든 꽃 안에는 이 남자처럼 작은 남자나 여자가 살았지만 이 사람은 모두의 왕이었다.

"아, 저 사람 잘생기지 않았어?"

엄지 공주가 제비에게 소곤소곤 말했다.

왕은 어쩐지 제비가 두려웠다. 자신처럼 작은이들에게는 거구의 새처럼 보였다. 하지만 엄지 공주를 보고는 무척 기뻐했다. 소녀는 지금껏 본 가장 아름다운 소녀였다. 그래서 황금 왕관을 벗어 소녀의 머리에 얹고는 이름을 물어도 되냐고 조심스럽게 묻고는 자신의 아내가 되어 달라고 부탁했다. 그러면 소녀는 모든 꽃의 여왕이 될 것이다. 정말이지 두꺼비 아들, 검은 벨벳 코트를 입은 두더지와는 완전히 다른 남편감이었다.

그래서 소녀는 이 매력적인 왕에게 말했다.

"좋아요"

꽃 속에서 자그마한 숙녀와 신사들이 나와 즐겁게 지켜보았다. 각자 엄지 공주에게 선물을 주었는데 최고의 선물은 커다란 은색 파리가 달았던 날개 한 쌍이었다. 그 날개를 등에 단단히 묶자 엄지 공주도 꽃과 꽃 사이를 살랑살랑 돌아다닐 수 있었다.

모두가 즐거워했다. 제비는 이들 위, 자기 둥지에 자리를 잡고는 제일 잘하는 노래를 들려주었다. 그렇지만 마음 깊은 곳에서는 슬픔이 밀려왔다. 엄지 공주를 무척이나 좋아해서 절대 헤어지고 싶지 않았기 때문이다.

꽃의 정령, 왕이 말했다.

"당신을 더 이상 엄지 공주라고 부르지 않겠어요. 그 이름은 당신처럼 사랑스러운 이에게는 너무 흉측하거든요. 우리는 당신을 마야라고 부르겠어요."

제비가 말했다.

"안녕, 안녕."

제비는 따뜻한 나라에서 다시 멀리 날아 먼 덴마크로 돌아갔다. 그곳에 요정의 이야기를 들려주는 남자의 창문 위에 작은 둥지가 있었다. 그 남자에게 제비는 노래했다.

"지지배배! 지지배배!"

그렇게 해서 우리가 이 모든 이야기를 듣게 된 것이다.

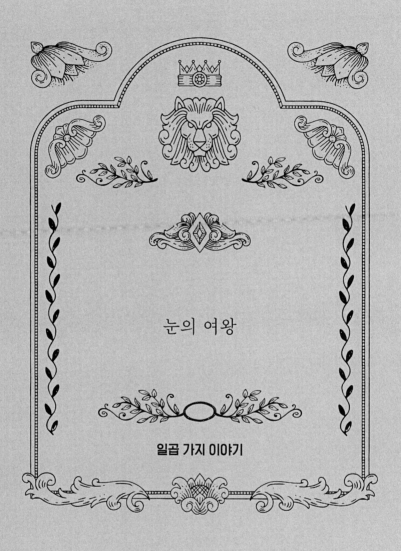

눈의 여왕

일곱 가지 이야기

The Snow Queen

Andersen

The Snow Queen

첫 번째 이야기,
거울과 거울 조각

자, 그럼! 시작할까. 이 이야기가 끝나면 여러분은 의외로 많은 것을 알게 될 것이다.

이 녀석은 아주 성질이 사나운 호브고블린이다. 이 고블린은 아주 사악한 종류의 도깨비요정으로, 사실 악마나 다름없었다.

어느 날 이 악마가 요상한 힘이 있는 거울을 마침내 완성해 기분이 무척 좋았다. 이 거울은 선하거나 아름다운 것을 비추면 쪼그라들어 거의 보이지 않고, 반면에 아무짝에 쓸모없고 추한 것은 도드라지면서 훨씬 더 추하게 보였다. 이 거울에서 아름다운 풍경은 끓는 물에 데친 시금치처럼 보이고 아주 선한 사람은 섬뜩해 보이거나 물구나무를 섰다. 얼굴은 알아볼 수 없을 만큼 일그러졌다. 주근깨가 하나 있는 사람이라면 코와 입까지 죄다 주근깨로 뒤덮여 있는 것처럼 보였다.

"아주 웃기는군!"

악마가 말했다. 사람의 마음에 흐르는 선하고 경건한 생각도 이 거울에서는 음흉한 미소로 보였다. 악마는 이 독창적인 발명품에 크게 웃음을 터뜨렸다.

이 악마가 가르치는 호브고블린 학교 학생 악마들은 기적이 일어났다고 모두에게 알렸다. 이제 이 악마들은 처음으로 이 세상과 세상 사람들이 진짜로 어떻게 보이는지 알 수 있다며 떠들어댔다. 녀석들은 이 거울을 들고 허둥지둥 여기저기 돌아다녔다. 마침내 지구상에 살아있는 사람이나 대지는 이 거울로 온갖 수난을 당했다.

이윽고 악마들은 하늘로 올라가서 천사 그리고 신을 조롱하고 싶었다. 거울을 들고 높이 올라가면 갈수록, 악마들이 거울을 움켜잡을 수 없을 만큼 거울은 점점 더 끔찍하게 웃었다. 더 높이 더 높이, 천국과 천사에 점점 더 가까이 갔다.

문득 그 웃음 짓는 거울이 무지막지하게 흔들리더니 녀석들의 손에서 미끄러져 나가 땅으로 떨어져서 수천, 수만, 수백만, 수십억 조각으로 산산이 부서졌다. 어쩌면 그보다 더 잘게 깨졌을 것이다. 이제 이 거울은 깨지기 전보다 훨씬 더 큰 문제를 일으켰다. 어떤 것은 모래알보다 잘게 깨졌는데 이것이 넓은 세상으로 퍼져 나가고 있었다.

일단 사람들의 눈에 들어가면 눈 안에 그대로 남아 있다가 그 사람이 보는 건 무엇이든 왜곡시켜서 사물의 오직 나쁜 면만 보게 했다. 아무리 유리 조각이 작아도 거울 전체에 있던 것과 똑같은 힘이 있있다.

몇몇 사람은 마음속에 유리 조각이 박히기도 했는데, 심장을 얼음덩어리로 만들어버리기에 무척 끔찍했다. 어떤 것들은 제법 커서 창문 유리로 썼다. 그 너머로 친구들을 내다보는 그런 창문은 아니었다. 그 유리 조각으로 안경을 만들기도 했는데, 사람들이 또렷하게 보려고 이 안경을 썼다가는 큰일이 난다. 악마들은 그게 하도 웃겨서 옆구리가 아프도록 자지러지게 웃어댔다. 그 유리의 미세한 조각이 여전히 허공을 떠돌고 있다. 이제 무슨 일이 일어났는지 들려주겠다.

두 번째 이야기,
어린 소녀와 어린 소년

　큰 도시에는 집도 많고 사람도 많기에 작은 마당을 갖기도 쉽지 않아서 사람들 대부분은 화분 하나로 만족해야 했다. 하지만 이 가난한 두 아이가 사는 곳에는 화분보다는 조금 더 큰 텃밭이 겨우 하나 있었다. 둘은 남매는 아니었지만 남매만큼이나 서로를 퍽 아꼈다. 부모님들은 다락방이 서로 가까이 붙어 있는 집에 살았다. 두 집 사이, 지붕이 만나는 곳에 빗물 통이 흐르고 창문이 서로를 마주 보아서 서로의 집에 가려면 창문에서 창문으로 그냥 넘어가기만 하면 됐다.

　이 창밖에 부모님들이 커다란 상자를 하나 두어서 집에서 먹을 채소와 작은 장미 나무도 한 그루 키웠는데, 아주 잘 자랐다. 부모님은 이 상자를 빗물 통에 걸쳐두어서 두 아이는 더 가깝게 서로에게 갈 수 있게 되었다.

　그것은 마치 꽃 담장처럼 보였다. 콩이 상자 위로 드리우고 장미 덤불이 길게 늘어지면서 창틀을 휘감고 서로에게 허리를 숙여서 마치 꽃과 풀로 이루어진 개

선문 같았다. 상자는 꽤 높아서 위로 올라가면 안 된다는 것을 알았지만, 둘은 종종 자그마한 의자를 지붕으로 내놓고는 장미 아래 앉아서 재미있게 놀곤 했다.

물론 겨울이 되면 이런 즐거움도 사라졌다. 창문에는 종종 두껍게 성에가 꼈다. 그렇지만 아이들은 난로 위에서 구리 동전을 뜨겁게 달구어서 성에가 잔뜩 긴 창문에 가져다 댔다. 그러면 아주 멋진 동그란 원이 생기는데 그 동그라미 너머로 친근한 밝은 눈동자가 각자의 창문에 나타났다. 소녀와 소년이 밖을 내다보는 것이었다. 소녀의 이름은 게르다이고, 소년의 이름은 카이였다. 여름에는 한 걸음만 떼어도 서로 어울릴 수 있었지만, 겨울에 서로의 집에 가려면 아래층으로 내려갔다가 다시 옆집 계단을 올라가야 했다. 밖에는 눈보라가 치고 있었다.

할머니가 말했다.

"하얀 꿀벌이 떼 지어 가는 것 좀 보려무나."

"여왕벌도 있어요?"

남자아이가 물었다. 진짜 벌 사이에는 여왕벌이 있

다는 것을 알기에 그렇게 물었다.

할머니가 대답했다.

"그럼, 정말 있지. 여왕벌이 벌떼 속에서 날지. 가
장 크단다. 절대로 땅에 잠자코 붙어 있는 법이 없
어. 그러다가 다시 먹구름 속으로 돌아간다. 숱한
겨울밤 동안 거리를 날아다니면서 창문을 엿보지.
그러다가 마치 꽃으로 둘러싸인 듯 희한한 모습으
로 얼어붙어."

"아, 네. 우리 그거 본 적 있어요."

두 아이 다 그렇게 말했다. 그 말이 사실이라는 것을
알았다.

여자아이가 물었다.

"눈의 여왕이 여기에 들어올 수 있을까요?"

그러자 남자아이가 소리쳤다.

"흠, 들어오게 하자. 내가 뜨거운 난로 위에 놓고

확 녹여버릴 테니까!"

하지만 할머니는 카이의 머리를 쓰다듬으며 다른 이야기를 들려주었다.

그날 저녁 어린 카이는 집에서 잠자리에 들려다가 창가 의자로 다가가 그 작은 구멍으로 밖을 내다보았다. 눈꽃 몇 송이가 떨어지고 있었는데 가장 큰 눈꽃이 꽃 상자 귀퉁이에 날아가 앉았다. 이 눈꽃은 점점 더 커졌다. 그러더니 마침내 여자로 바뀌었는데 아주 섬세하고 투명하리만큼 얇은 하얀 옷을 입었다. 마치 수백만 마리의 별 모양 눈꽃으로 만든 것처럼 보였다. 여자는 아름답고 우아했지만 얼음처럼 반짝였다. 눈동자는 밝은 별 두 개처럼 빛났지만 그 안에는 평화로움도 고요함도 없었다. 여인은 창문을 향해 고개를 끄덕이며 손짓했다. 소년은 덜컥 겁을 집어먹고 의자에서 펄쩍 뛰어내렸다. 소년의 눈에 거대한 새 한 마리가 창문을 휙 지나가는 듯 보였다.

이튿날은 날씨가 맑고도 서늘했다. 이제 눈이 녹고 봄이 왔다. 태양이 비치고 초록 풀이 돋아났다. 제비들이 둥지를 틀고 집집마다 창문을 열었다. 또다시 아이들은 집 위 빗물 통 위 그 작은 지붕 마당에서 놀았다.

그해 여름 장미가 아주 아름답게 피었다. 게르다는 성가 하나를 배웠는데 거기에 자신의 꽃을 떠올리게 하는 장미에 대한 가사가 한 줄 있었다. 게르다는 카이에게 그 노래를 불러주었고 둘은 곧 그 노래를 함께 불렀다.

"장미꽃이 달콤한 계곡에, 틀림없이 예수의 아이가 있을지니."

두 아이는 서로의 손을 잡고 장미꽃에 입을 맞추고는 투명한 햇빛을 올려다보며 예수의 아이가 마치 거기에 있는 것처럼 하늘에 대고 말했다. 정말 아름다운 여름이라고, 절대로 시들 것 같지 않은 향기로운 장미 덤불 아래 있으니 무척이나 향기롭다고…….

어느 날 게르다와 카이는 새와 동물에 관한 그림책을 보고 있었다. 그런데 그때 교회 탑의 시계가 다섯 번 울렸다. 카이가 소리쳤다.

"아! 내 가슴이 아파. 눈에도 뭐가 있어."

카이는 눈을 깜빡였다. 게르다는 카이의 목을 잡고

들여다보았지만 아무것도 보이지 않았다.

카이가 말했다.

"없어진 것 같아."

하지만 사라지지 않았다. 그건 바로 마법의 유리에서 나온 그 유리 조각이었다. 여러분은 기억할 것이나. 위대하고 선한 것은 무엇이든 작고 추하게 비추지만 모든 사악한 것들은 크게, 작은 흠도 엄청나게 크게 비추는 저 호브고블린이 만든 거울을 말이다.

불쌍한 카이! 유리 파편은 심장도 뚫었다. 그러니 심장이 곧 얼음덩이로 변할 것이다. 고통은 멈추었지만 유리 조각은 거기에 그대로 남아 있었다.

카이가 물었다.

"너 왜 울고 있니? 그러니까 못생겨 보인다. 난 이제 아무렇지도 않아."

그러더니 불현듯 뭐가 떠올랐는지 이렇게 말했다.

"아! 저 장미는 죄다 벌레가 뜯어 먹었네. 봐, 이

꽃은 비뚤어졌어. 게다가 저 장미, 어쩜 저렇게 추할 수가 있지, 꼭 자기들이 사는 상자하고 똑같아."

그러더니 그 상자를 발로 툭 찼다. 장미도 확 꺾어버렸다.

"카이! 너 무슨 짓이야?"

게르다가 소리쳤다. 카이는 게르다가 화를 내자 꽃 한 송이를 더 꺾고는 사랑스러운 게르다만 혼자 남겨 놓은 채, 자기 집 창문으로 펄쩍 뛰어 들어가 버렸다.

나중에 게르다가 자기 그림책을 가져다주었을 때 카이는 그건 요람에 든 아기들에게나 딱 맞는 책이라고 말했다. 그리고 할머니가 이야기를 들려줄 때마다 언제나 이렇게 말하며 끼어들었다.

"그런데……."

기회를 틈타 할머니 안경을 훔쳐서 자기 코에 걸치고는 할머니 흉내를 냈다. 어찌나 잘하는지 모두가 웃음을 터트리곤 했다. 머지않아 그 거리에 사는 사람들 모두의 걸음걸이와 말투를 흉내 낼 수 있게 되었다. 사람들의 이상하고 추한 것들을 모두 다, 카이가 어쩌나 흉내를 잘 내는지 사람들은 말했다.

"저 아이는 확실히 머리가 좋아!"

하지만 그건 눈과 심장에 박힌 유리 조각 때문이었다. 그 유리 때문에 카이는, 온 영혼을 다해 자신을 아끼는 사랑스러운 게르다조차 놀려댔다.

이제 카이는 둘이 예전에 함께 했던 것과는 확실히 다른 놀이를 했다. 둘은 좀 더 철이 들었다. 어느 쌀쌀한 날, 눈이 이리저리 흩날리고 있었다. 카이는 집 밖으로 커다란 돋보기를 가져와서 파란 코트 자락을 펼치고는 거기에 눈송이가 떨어지게 했다.

"자, 이제 그 돋보기로 봐봐."

카이가 게르다에게 말했다.

눈송이 하나, 하나가 훨씬 더 커 보이면서 마치 거대한 십각형의 별처럼 보였다. 놀라웠다.

카이가 이어 말했다.

"봐, 정말 멋지지! 진짜 꽃을 보는 것보다 훨씬 더 재미있어. 눈꽃은 아주 완벽해. 눈꽃은 흠잡을 데가 없어, 녹기 전까지는……."

얼마나 지났을까, 카이가 장갑을 끼고 어깨에 썰매를 지고 내려와서는 바로 게르다의 귀에 대고 소리쳤다.

"다른 남자아이들이 노는 마을 광장에서 나 놀아도 된대!"

그러더니 휑하니 달려갔다.

광장에는 좀 더 대담한 소년들이 자기들 썰매를 농부의 수레 뒤에 묶고는 멀리 끌려가며 놀았다. 신나는 놀이였다. 한창 신나게 놀고 있는데 커다란 썰매 한 대가 다가왔다. 온통 새하얗게 칠한 썰매였는데, 마부도 투박한 하얀 털외투를 입고 똑같이 하얀 털모자를 썼다. 그 썰매가 광장을 두 바퀴 돌자 카이는 재빨리 그 뒤에 자기 썰매를 묶었다. 그러자 썰매는 더 빠르게, 빠르게 거리를 달려 내려갔다. 마부는 친근하게 몸을 돌려 마치 오래전부터 아는 사이인 것처럼 카이에게 고개를 끄덕여 보였다. 카이가 자신의 작은 썰매를 풀려고 할 때마다 마부는 고개를 다시 끄덕였다. 카이는 계속 붙잡고 있었다. 그렇게 마을 입구까지 내달렸다.

문득 눈이 세차게 떨어져 내리기 시작했다. 속도가 점점 빨라지자 소년은 앞에 있는 자기 손도 보이지 않았다. 커다란 썰매에서 빠져나오려 손에 잡은 밧줄을 갑자기 놓아 버렸다. 하지만 소용없었다. 카이의 작은 썰매는 단단히 묶여 있어서 바람처럼 나아갔다. 카이는 소리도 질러봤지만 듣는 이 하나 없었다. 눈은 더 세차게 몰아치고 썰매는 내내 달려갔다. 이따금 울타리나 도랑을 넘는 것처럼 펄쩍 뛰기도 했다. 카이는 공포로 온몸이 뻣뻣하게 굳었다. 기도라도 해보려 했지만 떠오르는 건 구구단뿐이었다.

눈송이는 점점 더 굵어져서 마침내 하얀색 커다란 암탉처럼 보였다. 갑자기 눈의 장막이 쓱 벌어지더니 그 커다란 썰매가 멈추고 마부가 자리에서 일어났다. 그 털외투와 털모자는 눈으로 만든 것이었다. 마부는 여자였다. 키가 크고 몸매가 가냘프고 눈이 부시게 희었다. 바로 눈의 여왕이었다.

여왕이 말했다.

"우리 꽤 빨리 왔구나. 추위로 떨고 있는 거냐?

내 곰 털 코트 속으로 기어 들어와라.”

　여왕은 자기 옆 썰매에 카이를 앉혔다. 그러고는 카이의 몸을 감싸주었다. 카이는 눈구덩이에 빠진 느낌이 들었다.

　　“아직도 춥니?”

　여왕이 물었다. 그러고는 카이의 이마에 입을 맞추었다. 브르르르. 그 입맞춤은 얼음장보다 더 차가웠다. 카이는 심장 반이 이미 얼음덩어리였는데도 심장까지 추웠다. 한순간 숨이 넘어갈 것 같은 기분이 들었다. 그러다 곧 편안해지면서 더 이상 추위가 느껴지지 않았다.

　　“내 썰매! 내 썰매 잊지 마요!”

　카이에게는 오로지 이 생각뿐이었다. 둘은 하얀 암탉 한 마리에 썰매를 묶었는데 이 암탉이 등에 썰매를 지고 내내 날아다녔다. 눈의 여왕은 다시 한 번 카이에게 입을 맞추었다. 카이는 사랑스러운 게르다, 할머니,

집에 있는 모두를 잊었다.

여왕이 말했다.

"이제 더 이상 입맞춤은 없다. 그랬다가 너는 죽
을 테니까."

카이는 여왕을 쳐다보았다. 여왕은 무척이나 아름
다웠다. 이보다 더 아름답고 예쁜 얼굴은 상상할 수도
없었다. 더 이상 얼음으로 만든 사람처럼 보이지 않았
다. 카이의 창밖에 앉아서 손짓했을 때의 모습이 아니
었다. 카이의 눈에 눈의 여왕은 완벽했다. 그리고 전혀
두렵지 않았다. 그래서 자신이 분수 암산을 할 수 있
다는 것, 여러 나라의 인구를 안다는 것도 들려주었다.
여왕은 내내 웃음 지었다. 하지만 안타깝게도 카이는
생각만큼 알고 있는 게 많지 않았다. 머리 위 드넓은
우주 공간을 올려다보았다. 여왕은 먹구름 위로 카이
를 데리고 날아오르고, 그 사이 폭풍은 흘러간 옛 노래
를 부르듯 쌩쌩 울려 퍼졌다.

두 사람은 숲, 연못, 수많은 대지와 바다 위를 날았
다. 빛나는 눈 위를 미끄러지듯 나아갈 때, 그 아래로
는 바람이 차갑게 휘몰아쳤으며 늑대가 울부짖고 흑

눈의 여왕

까마귀가 비명을 질러댔다. 그러나 저기 위에 달은 크고 환하게 빛났다. 카이는 긴 긴 겨울밤 내내 그 달을 쳐다보았다. 그리고 낮에는 눈의 여왕 발치에서 잠을 잤다.

세 번째 이야기,
마법을 부리는 여인의 꽃밭

카이가 돌아오지 않았을 때 어린 게르다는 어떻게 지냈을까? 카이는 어디에 있을까? 아무도 몰랐다. 누구도 카이의 소식을 전해주지 않았다. 소년들은 카이가 아주 멋진 커다란 마차에 그 작은 썰매를 매달고 따라갔다면서, 길을 따라 마을 밖으로 나갔다는 말만 했다. 누구도 카이가 어찌 되었는지 알지 못했다. 사람들은 눈물을 쏟아냈다. 게르다가 누구보다 슬프게 울었다. 사람들은 카이가 죽었다고 말했다. 분명 마을에서

멀지 않은 강에 빠져 죽었을 거라고 했다. 아, 긴 겨울
은 정말이지 우울했다!

하지만 봄 그리고 그 따스한 햇빛이 마침내 찾아왔다.

"카이는 죽어서 완전히 사라졌어."

게르다가 말했다.

"설마."

햇빛이 말했다.

"카이는 죽어 버렸어."

게르다가 제비들에게 말했다.

"그럴 리 없어."

제비들은 입을 모아 말했다. 마침내 게르다도 그럴
리 없다고 생각하기 시작했다. 어느 날 아침 혼잣말을
했다.

"내 빨간색 새 구두를 신겠어. 카이는 한 번도 본 적 없는 거야. 강가에 내려가서 카이에 대해 물어봐야겠어."

퍽 이른 아침이었다. 게르다는 아직 잠들어 있는 할머니에게 입을 맞추고는 빨간색 구두를 신었다. 내내 혼자서 마을 밖으로 나가 강으로 내려갔다.

"내 소꿉친구를 네가 데려갔다는 게 사실이니? 카이가 있는 곳으로 나를 데려다주면 내 빨간 구두를 줄게."

게르다에게는 물결이 아주 수상하게 고개를 끄덕이는 것처럼 보였다. 게르다는 신발을 벗었다. 가장 아끼는 물건이었지만 강물에 그 신발을 던졌다. 하지만 신발은 멀지 않은 강가에 떨어져서 잔잔한 물결에 휩쓸려 게르다에게 다시 돌아왔다. 강물이 카이를 품고 있지 않으니까 게르다의 가장 소중한 물건을 가질 수 없는 것처럼 보였다. 하지만 자신이 신발을 멀리 던지지 못한 게 안타까워서 갈대밭 사이에 있는 배 위로 올라가 배 끝에 서서 다시 물속으로 신발을 던졌다. 하지만 그 배는 묶여있지 않았다. 게르다가 움직이자 배는 강독에서 멀리 떠내려갔다. 게르다는 깜짝 놀라서 다시 물가로 돌아가려고 했지만 배 맞은편에 이르렀을 즈음, 배는 이미 강독에서 1미터 정도 벗어나 점점 빨리 나아가고 있었다.

어린 게르다는 덜컥 겁을 집어먹고 눈물을 터뜨렸다. 참새 말고는 게르다의 울음소리를 들을 수 있는 이가 아무도 없었다. 참새들은 게르다를 땅으로 데리고 갈 수가 없었다. 물가를 따라 날아가며 그저 짹짹거리기만 했다.

"우리 여기 있어! 우리가 여기 있어!"

마치 게르다를 위로하는 것 같았다. 배는 아래로 휩쓸려 내려가고 게르다는 양말만 신은 채 그저 차분히 앉아 있었다. 그 빨간 구두는 뒤에서 둥둥 떠내려 왔지만 배가 계속 앞으로 나아가고 있어서 속도를 따라잡지 못했다. 양쪽 강가의 풍경은 무척 아름다웠다. 꽃들이 사랑스럽게 피고 나무들은 무성하고 언덕은 소떼와 양떼가 먹을 풀밭이 가득했다. 사람은 단 한 명도 보이지 않았다.

게르다는 생각했다.

'아마 강이 카이가 있는 곳으로 나를 데리고 가려나 봐.'

그 생각을 하자 기분이 좀 나아졌다. 일어나서 몇 시간이고 아름다운 초록색 강둑 풍경을 지켜보았다.

이윽고 커다란 벚꽃나무 동산에 도착했는데 거기에는 이상하게도 울긋불긋한 창문이 달리고 지붕은 지푸라기를 엮어 만든 작은 집이 한 채 있었다. 집 밖에 배를 타고 지나가는 모두에게 거수경례하는 모양의 나무 병정 둘이 있었다.

게르다는 그 나무 병정이 살아있다고 생각을 해서 크게 소리쳤지만 당연히 병정들은 게르다에게 아무런 대꾸도 하지 않았다. 배가 물살에 강둑으로 떠내려가자 그 병정에게 퍽 가까이 다가가게 되었다. 게르다는 훨씬 더 큰 소리로 외쳤다. 그러자 노파가 집 밖으로 나왔다. 노파는 비뚤배뚤 휜 지팡이에 기대어 섰는데 머리에 햇빛을 가리는 커다란 모자를 썼다. 모자 위에 아주 아름다운 꽃 그림이 그려져 있었다.

노파가 소리쳤다.

"가엾은 것! 어쩌다가 이 큰 물살에 길을 잃은 거

니, 이 넓은 곳으로 어쩌다가 지금껏 쓸려왔어?"

노파는 물속까지 걸어와서 그 지팡이로 배를 꼭 움켜잡고는 물가로 끌어당겨 게르다를 배에서 끄집어냈다. 게르다는 다시 땅을 밟아서 아주 기뻤다. 하지만 자신에게 말을 하는 이 낯선 할머니가 살짝 무섭기도 했다.

"와서 네가 누구인지 말해 보렴, 어떻게 여기 왔는지도."

게르다는 모두 들려주었다. 노파는 고개를 절레절레 저으며 말했다.

"흠, 흠!"

게르다는 이야기를 다 마치고 혹시 카이를 보지 않았는지 물었다. 노파는 카이가 지나가지 않았다면서, 하지만 언제든 올지도 모른다고 말했다. 그리고 게르다에게 너무 깊이 생각하지 말고 버찌를 먹으며 꽃이나 구경하라고 했다. 꽃은 어떤 그림책보다 더 아름다웠다. 버찌마다 들려줄 이야기가 있는 듯했다. 문득 노파가 게르다의 손을 잡고 그 작은 집으로 이끌었다. 노파는 문을 잠갔다. 창문이 벽 높이 달려 있었다. 빨갛고, 파랗고, 노란 창으로 햇빛이 이상야릇한 빛깔로 섞여 들어와 비추었다. 탁자 위에 가장 아름다운 버찌가 있었다. 이제 두려움은 사라져 게르다는 버찌를 실컷 먹었다. 버찌를 먹는 사이, 노파는 황금빛 머리빗으로 게르다의 머리를 빗어주었다. 게르다의 아름다운 머리카락이 장미꽃처럼 둥글고 탐스러운 작은 얼굴 양쪽으로 황금빛으로 빛나며 흘러내렸다.

노파가 말했다.

"너처럼 예쁜 아이를 무척이나 바랐단다. 이제
우리 둘이 얼마나 잘 지내는지 보려무나."

머리를 빗으면 빗을수록, 게르다는 점점 더 카이에 대한 기억을 잊어버렸다. 이 노파는 마법을 부리는 재주가 있었다. 하지만 나쁜 마녀는 아니었다. 그저 재미로 장난치듯 마술을 부렸다. 귀여운 게르다를 무척이나 곁에 두고 싶었다. 그래서 마당으로 나가서 장미 덤불 전체에 지팡이를 가리켰다. 한창 아름답게 피던 그

꽃이 전부 다 흔적도 없이 시커먼 흙 속으로 가라앉아 버렸다. 노파는 걱정스러웠다. 만약에 게르다가 그 꽃을 보면 자신의 장미와 어린 카이를 떠올리고 다시 달아날지도 몰라서 말이다.

게르다는 꽃밭으로 나왔다. 꽃밭이 얼마나 향기롭고 사랑스러운지! 모두가 아는 사계절 꽃이 활짝 피어 있었다. 어떤 그림책도 그렇게니 예쁘고 화려할 수가 없었다. 게르다는 좋아서 깡충깡충 뛰었다. 태양이 키 큰 벚나무 뒤로 넘어갈 때까지 마당에서 놀았다. 이윽고 아름다운 침대, 빨간 비단 퀼트 이불 밑에 몸을 눕혔다. 그곳에서 게르다는 잠을 잤다. 그곳에서 여왕이 결혼식 날에 꾸는 꿈만큼이나 화려한 꿈을 꾸었다.

다음날 아침 게르다는 다시 따뜻한 햇볕 속으로 나가 꽃과 함께 놀았다. 그렇게 여러 날을 보냈다. 게르다는 꽃을 속속들이 모두 알았다. 그런데 한 가지 꽃이 없다는 것을 알았는데 그게 뭔지 알지 못했다. 어느 날, 앉아서 노파의 햇빛 가리는 모자를 보고 있었다. 꽃 그림 중에서 가장 예쁜 것은 장미 한 송이었다. 노파가 마당에서 진짜 장미를 사라지게 했을 때, 자기 모자의 이 장미를 깜빡했다. 너무 생각을 많이 하다 보면, 이런 일이 벌어지기도 한다.

게르다가 물었다.

"여기에는 장미가 하나도 없어요?"

　게르다는 꽃밭 사이로 가서 보고 또 보았다. 하지만 장미는 한 송이도 보이지 않았다. 그러자 주저앉아 눈물을 터뜨렸다. 문득 그 뜨거운 눈물이 장미 덤불이 가라앉았던 바로 그 자리에 떨어져 내렸다. 따뜻한 눈물이 땅을 촉촉이 적시자, 장미 덤불이 다시 올라오더니 무성하게 피어났다. 게르다는 장미를 품에 안고 입을 맞추었다. 마침내 자신의 예쁜 장미꽃이 떠오르고 카이가 생각났다.

　게르다가 말했다.

"아, 내가 얼마나 늦은 거지? 카이를 빨리 찾아야 해."

　게르다는 장미에게 물었다.

"그 애가 어디 있는지 아니? 그 애가 죽어서 사라졌을 것 같아?"

그러자 장미꽃이 말했다.

"그 애는 죽지 않았어. 우리는 죽은 사람들이 있는 땅속에 있었는데, 그곳에 카이는 없었어."

"고마워."

게르다는 꽃송이 모두에게 가서 입을 맞추며 물었다.

"카이가 어디 있는지 아니?"

하지만 꽃들은 햇빛 속에서 자신들의 동화라든가 이야기에 빠져 있었다. 게르다가 많은 꽃들에게 귀를 기울였지만 카이에 대한 얘기는 아무것도 들을 수가 없었다.
참나리 꽃은 뭐라고 말했을까?

"북소리 들리니? 둥, 둥! 음계가 두 개뿐이었어. 언제나 둥, 둥! 여인의 흐느끼는 소리를 들어봐, 사제의 기도를 들어 봐. 빨간색 긴 옷을 입은 여자 힌두교 신도가 주위의 사람들 사이로 살아있는 남자를 생각하면서 장례식 장작더미 위에 서 있어. 그 남자의 눈동자가 불꽃보다 더 뜨겁게 타고 있다고 생각해. 불꽃보다 더 깊이 심장을 뚫는 용맹한 눈길을 생각하고 있어. 곧 여자의 몸은 재가 될 거야. 심장의 불꽃이 장례식 장작더미에서 사라질까?"

"난 정말 모르겠어."

"그게 내 동화야."

나팔꽃은 뭐라고 말했을까?

"오래된 성 하나가 산속 좁은 길에서 높이 솟아 있어. 빽빽한 덩굴 잎이 발코니까지 자랐어. 거기에 아름다운 젊은 여인이 서 있어. 신부는 난간 너머로 몸을 기울여 길을 내려다보네. 어떤 장미꽃도 이 여인만큼 아름답지 않고, 바람에 실려 오는 사과 꽃도 그렇게나 싱그럽지 않아. 여인의 실크 옷이 사각거리는 소리 좀 들어 봐. '그 사람은 결코 오지 않는 걸까?'"

"카이를 말하는 거야?"

"난 내 이야기를 하고 있는 거야, 내 자신의 꿈을."

나팔꽃이 대답했다.
작은 스노드롭은 뭐라고 밀했을까?

"나무 사이 밧줄 두 개에 나무판자 하나가 걸려 있어. 그네야. 눈처럼 새하얀 원피스를 입은 예쁜 소녀 두 명이 초록색 기다린 리본이 나풀거리는 모자를 쓰고 그네를 타고 있어. 그 애들 오빠는 소녀들보다 큰데, 그네 뒤에서 두 팔에 밧줄을 감고 버티고 있어. 한 손에는 작은 컵을, 다른 손에는 도자기 피리를 들고 있어. 그네가 움직이자 비눗방울이 색색으로 변하며 둥둥 떠다녀. 그네가 이리저리 움직이자 마지막 비눗방울이 그릇에 매달린 채 허공에서 나비처럼 팔랑거리네. 검은색 작은 개가 뒷다리를 바닥에 대고 비눗방울처럼 가볍게 그네에 뛰어오르려고 해. 하지만 그네가 멈추지 않아. 그네는 높이 올라갔다가 다시 아래로 내려와. 마침내 개는 균형을 잃고 화가 나서 마구 짖어대. 그러자 아이

들이 개를 놀려. 비눗방울이 터지고. 그 비눗방울이
터졌어. 비눗방울 속의 그네 그림. 이게 나의 이야
기야."

"정말 아름다운 이야기인 것 같아. 하지만 넌
아주 슬프게 말했어. 카이 이야기는 전혀 하지 않
았어."

히아신스는 뭐라고 말했을까?

"세 자매가 있었어, 꽤 솔직하고 온화했어. 첫째
는 빨간색, 둘째는 파란색, 셋째는 하얀색 옷을 입
었어. 달빛 밝은 밤, 고요한 호수 옆에서 손에 손을
맞잡고 춤을 추었어. 세 사람은 요정이 아니라 인간
이었어. 공기는 달콤하고, 세 자매는 숲속으로 사라
졌어. 공기는 점점 더 달콤해졌어. 세 자매가 누운
관 세 개가 숲에서 미끄러지듯 나와 호수를 가로질
러. 반딧불이가 깜빡이는 불처럼 주위를 날아다녀.
그 춤추는 자매는 잠을 자고 있는 걸까? 아니면 죽
은 걸까? 꽃향기는 세 자매가 죽었다고 말해, 장례
식을 위해 저녁 종이 울려 퍼져."

게르다가 말했다.

"넌 나를 아주 슬프게 하고 있어. 네 향기는 너무 강해서 그 죽은 자매들 생각이 떠올라. 아, 카이는 정말로 죽은 걸까? 장미꽃이 땅속에 있었는데, 카이는 죽지 않았다고 했단 말이야."

히아신스가 종소리를 냈다.

"딩, 동. 우리는 카이를 위해 종을 울리지 않았어. 우리는 그 애를 몰라. 우리는 그저 우리 노래를 부르고 있어. 그냥 우리가 아는 노래지."

그래서 게르다는 번들거리는 초록잎 사이에 빛나는 미나리아재비에게 갔다.

"너는 밝은 해 같구나. 있잖니, 어디 가면 내 소꿉친구를 찾을 수 있는지 아니?"

미나리아재비는 게르다를 올려다보며 환하게 빛을 뿜었다. 하지만 미나리아재비는 무슨 노래를 할까? 확실히 카이에 관한 건 아닐 것이다.

"작은 마당에, 하느님의 태양이 봄의 첫날을 밝
게 비추고 있었어. 햇빛은 옆집 흰 벽을 따라 반짝
였어. 그리고 봄에 처음으로 핀 노란색 꽃들이 따스
한 햇살 속에서 황금처럼 빛났어. 늙은 할머니가 밖
에 나와 의자에 앉아 있었어. 가난하지만 무척이나
아름다운 여인, 할머니의 손녀가 잠시 집에 들르러
왔어. 손녀는 할머니에게 입 맞춰주었어. 정말로 마
음이 가득 담긴 황금 같은 입맞춤이었지. 입술에도
황금, 꿈속에도 황금, 아침 햇빛 속에도 황금이 가
득했어. 자, 이게 나의 작은 이야기야."

미나리아재비가 말했다.

"아, 불쌍한 우리 할머니. 할머니는 날 엄청 보고
싶어 하실 거야. 카이 때문에 슬퍼했던 것처럼 나
때문에 몹시 슬퍼하고 있을 거야. 하지만 난 곧 집
으로 돌아갈 거야. 카이도 데리고 갈 테고. 꽃들에
게 카이 소식을 묻는 건 아무짝에도 소용이 없어.
꽃들은 자기들 노래 말고는 아무것도 몰라. 내게 들

려줄 소식이 없어.”

게르다가 말했다.

이윽고 게르다는 재빨리 달아날 수 있게 치마를 걸어 올렸다. 하지만 수선화를 펄쩍 뛰어넘으려 할 때, 수선화가 게르다의 다리를 톡톡 건드렸다. 그래서 게르다는 걸음을 멈추고 그 커다란 꽃 위로 몸을 기울였다.

“나한테 뭔가 할 말이 있나 보구나.”

게르다가 물었다.

수선화는 뭐라고 말했을까?

“난 내가 보여! 난 내가 보여! 아, 내 향기는 어떻게 이렇게 향기로울까! 저 위 좁은 다락방에 옷을 대충 입은 어린 무희가 있어. 먼저, 한쪽 발로 섰다가 두 발로 서. 무희는 세상을 경멸해. 그 무희는 환상 속에 살아. 손에 든 천 조각에 주전자 물을 따라 부어. 청결은 정말 대단한 미덕이야! 무희의 하얀색 옷이 고리에 걸려 있어. 그 옷 또한 주전자 안에서 빨아서 지붕 위에 말렸어. 무희는 그 옷을 입고, 목

에 사프란색 스카프를 둘러 옷을 더 희게 돋보이게
했어. 발끝을 뾰족하게 세워! 다리 하나로 얼마나
균형을 잘 잡는지 봐. 난 내가 보여! 난 내가 보여!"

"난 관심 없어. 그런 이야기를 왜 나한테 하지?"

게르다가 말했다.

그러고는 마당 끝으로 달려갔다. 문이 닫혀 있었지
만, 게르다는 녹이 슨 걸쇠를 마구 흔들어 마침내 걸쇠
가 풀리고 문이 열렸다. 게르다는 맨발로 넓은 세상으
로 도망쳐 나왔다. 세 번이나 뒤를 돌아봤지만, 쫓아오
는 사람은 아무도 없었다. 마침내 게르다는 더 이상 달
릴 수 없었다. 그래서 커다란 바위에 앉아 쉬었다. 고
개를 들어보니, 여름이 가고 이제 늦가을이 되었다. 언
제나 태양이 비추고 사계절 내내 꽃들이 활짝 피어 있
는 아름다운 마당 안에서 이처럼 세월이 빨리 지나갔
으리라고는 전혀 생각할 수 없었다.

"이런! 내가 너무 오랫동안 시간을 허비했어. 여
긴 벌써 가을이야. 더 이상 꾸물거릴 수 없어."

게르다가 말했다.

그러고는 자리에서 일어나 달리기 시작했다. 하지만 발이 아프고 피곤했다! 주변의 모든 게 너무나 차갑고 황량했다! 기다란 버드나무 잎은 샛노랗게 물들고, 축축한 안개가 이슬방울처럼 후드득 흘러내렸다. 나뭇잎이 하나 둘 땅에 떨어졌다. 야생 자두나무만 아직 열매를 품고 있었다. 하지만 그 열매는 너무 시어서 이 끝이 아플 정도였다.

아, 주변에 보이는 이 넓은 세상이 얼마나 우울하고 칙칙해 보이는지.

네 번째 이야기,
왕자와 공주

게르다는 어쩔 수 없이 또 쉬어야 했다. 그때, 맞은편에서 커다란 까마귀 한 마리가 게르다 앞 하얀 눈 위로 총총 다가왔다. 까마귀는 아주 오랫동안 게르다를 지켜보며 고개를 갸우뚱했다. 그러다 입을 열었다.

"까악, 까악! 정말 멋진 까마귀 날이야!"

까마귀는 이보다 더 멋지게 말할 수 없었다. 그래도 왠지 소녀가 측은했다. 그래서 이 드넓은 세상에서 혼자서 어디로 그렇게 가고 있냐고 물었다. 게르다는 '혼자서'라는 말을 듣고 까마귀가 무슨 말을 하는지 이해했다. 그리고 까마귀에게 그동안 있었던 이야기를 모두 들려주었다. 그러고는 카이를 못 봤냐고 물어봤다. 까마귀는 고개를 무겁게 끄덕이고는 말했다.

"어쩌면 봤을 수도, 어쩌면 그럴 수도!"

"뭐라고? 정말 본 것 같아?"

꼬마 소녀가 소리쳐 물었다. 까마귀에게 입 맞추며 죽어라 꽉 껴안았다.

"진정해, 진정하라고! 내가 본 게 그 꼬마 카이일

지도 몰라. 하지만 그렇다 해도, 그 아이는 공주 때문에 널 잊었을 거야."

까마귀가 말했다.

"카이가 공주랑 같이 산다는 거야?"

게르다가 물었다.

"그래. 잘 들어봐! 하지만 내가 너희 언어로 말하는 건 무척 힘들어. 네가 까마귀 말을 알아들을 수 있다면, 내가 훨씬 더 쉽게 말할 수 있을 텐데."

까마귀가 말했다.

"난 까마귀 말 몰라. 우리 할머니는 아시지만. 아기들이 하는 말을 알아듣는 것처럼. 진작 배워뒀으면 좋았을걸."

게르다가 말했다.

"됐어. 내가 최대한 너한테 말해줄게. 하지만 그게 그다지 잘하는 일인지는 모르겠다."

까마귀가 말했다. 그러고는 자기가 아는 이야기를 전부 들려주었다.

"지금 우리가 사는 이 왕국에, 무척 똑똑한 공주가 있어. 그건 당연하지, 공주는 이 세상 신문은 모조리 읽고 다 까먹었어. 그렇게 똑똑해. 음, 얼마 전에 공주는 왕이 되었어. 그건 사람들이 예상했던 것만큼 그렇게 즐겁지 않았어. 그래서 공주는 옛 노래를 흥얼거렸어."

"왜, 정말 왜, 나는 결혼하면 안 되지?"

"음, 그거 좋은 생각이야!"

공주가 말했지. 공주는 묻는 질문에 제대로 대답할 수 있는 신랑감을 찾는 즉시 결혼하기로 마음을 먹었어. 그저 근엄한 표정으로 멀뚱멀뚱 옆에 서 있는 사람 대신 말이야. 그런 사람은 정말 지겹거든. 공주는 북을

처서 궁궐의 귀부인을 모두 모이게 했어. 부인들은 공
주의 생각을 듣고 모두 기뻐했어.

"아, 정말 좋아요! 우리도 똑같은 생각을 하고 있
었어요."

부인들이 말했어.

"정말이야. 내가 하는 말은 한 마디, 한 마디 다
사실이야. 내게는 궁정을 마음대로 돌아다니는 유
순한 내 사랑이 있거든. 내 사랑이 전부 다 이야기
해 줬어."

까마귀가 말했다.
물론 까마귀의 애인은 역시 까마귀였다. 다 끼리끼
리 노는 법이니 말이다.

"즉각 신문이 발행되었어. 신문에는 하트 모양
테두리에 공주 이니셜이 적혀 있었어. 용모 단정한
젊은 남자는 누구나 궁정으로 와서 공주와 대화를
나눌 수 있다는 내용이 실렸어. 최고로 말을 잘 하

는 사람, 그리고 궁정에서 가장 잘 어울릴 것 같은
사람을 공주가 남편으로 고를 거라고 했지."

"그래, 그래. 내 말 믿어. 내가 지금 여기 앉아 있
는 것처럼 그 이야기도 명확한 사실이야. 사람들이
성으로 몰려들었어. 엄청난 인파가 모여 발 디딜 틈
이 없었지. 하지만 첫째 날은 물론이고 둘째 날에도
아무도 선택받지 못했어. 밖에 길거리에 있을 때 사
람들은 모두 입담이 좋았어. 하지만 보초들이 은빛
실로 수를 놓은 군복을 입고 지키고 선 궁정 문에
들어서서, 금빛 실로 수를 놓은 군복을 입은 신하들
이 줄지어 서 있는 계단을 올라, 휘황찬란하게 불을
밝힌 접견실에 도착했을 때는 할 말을 잃었지. 왕좌
에 앉은 공주 앞에 섰을 때, 공주의 마지막 말을 앵
무새처럼 따라 하는 게 고작이었어. 공주는 자기 말
이나 따라 하는 소리는 전혀 듣고 싶지 않았지."

까마귀가 말했다.

"접견실에 오는 사람들은 모두 수면제를 잔뜩 마
시고 잠이 들기라도 한 것 같았어. 하지만 거리로

나오자마자 한시도 쉬지 않고 끊임없이 이야기를
했어.”

"지원자의 줄이 마을 입구에서 궁정까지 길게 이
어졌어. 나도 직접 가서 봤어. 사람들은 배도 고프
고 목도 말랐어. 하지만 궁정에서는 아무것도 주지
않았어, 미지근한 물 한잔 주지 않았지. 확실히, 똑
똑한 지원자 몇몇은 샌드위치를 싸왔어. 하지만 이
들은 옆 사람과 나눠먹지 않았어. 모두 이렇게 생각
했지. '저 인간이 배고프게 보이도록 놔둬야 해. 그
러면 공주는 저 인간을 선택하지 않을 테니까!'”

까마귀가 말했다.

"그런데 카이는, 우리 카이는 언제 왔어? 그 사람
들 틈에 끼어 있었어?”

"여유 좀 가져. 시간을 갖고 좀 기다려봐! 이제
그 이야기하려고 하잖아. 셋째 날 어린 사람 하나
가, 말도 없고 마차도 없이, 궁정으로 과감하게 성
큼성큼 걸어 올라갔어. 그 아이의 눈은 네 눈처럼

반짝반짝 빛났지. 게다가 긴 머리가 무척 멋졌어.
하지만 옷은 형편없었지.”

“아, 카이가 맞네! 이제 카이를 찾았네.”

게르다가 손뼉을 치고 기뻐하며 말했다.

“그 아이는 등에 작은 배낭을 메고 있었어.”

까마귀가 게르다에게 말했다.

“아니야, 그건 분명 그 아이 썰매였을 거야. 카이
는 길을 떠날 때 썰매를 가지고 있었어.”

게르다가 말했다.

“그럴지도 모르겠네. 그걸 자세히 보지는 않았거
든. 하지만 내 사랑이 말했어. 그 아이가 궁의 문으
로 걸어 들어오며 은빛 보초들을 보았을 때, 계단을
올라오며 금빛 보초들을 보았을 때, 그 아이는 전혀
주눅 들지 않았다고. 그 아이는 고개를 까닥이며 그

사람들에게 이렇게 말했어. '계단에 서 있는 거 정
말 따분할 것 같네. 나라면 안으로 들어갈 거야.'"

까마귀가 말했다.

방은 환하게 불을 밝혀두었어. 국무대신과 고문관들
은 맨발로 걸어 다니고 있었어. 앞에 황금 쟁반을 들고
서 말이야. 모두를 엄수하게히기에 충분했지. 그 아이
의 신발에서 소리가 크게 났어. 하지만 그 아이는 조금
도 두려워하지 않았어."

"분명 카이가 틀림없어. 카이가 새 신발을 신고
있다는 거 알아. 할머니의 방에서 그 신발이 엄청
찍찍거리는 걸 나도 들었어."

게르다가 말했다.

"아, 내내 소리가 났어. 하지만 그 아이는 공주에
게 곧장 걸어가며 그런 건 별로 신경 쓰지 않았어.
공주는 물레만큼 커다란 진주 위에 앉아 있었지. 궁
의 귀부인들과 조수들의 조수들의 조수들, 그리고
신하들과 신하들의 신하들의 조수들이 그곳에 서

눈의 여왕

있었어. 문에 가까이 서 있는 사람일수록, 그 표정은 더 오만했어. 문지방에 서 있는 시종의 시종의 시종은, 늘 실내화를 신었는데, 거드름을 피우는 표정이었어."

까마귀가 말했다.

"정말 끔찍했겠다! 그런데 카이는 공주와 결혼했어?"

게르다가 크게 소리쳤다.

"내가 까마귀가 아니었다면, 내가 공주와 결혼했을 거야. 나한테 약혼녀가 있어도 말이야. 사람들이 그러는데 그 애는 내가 까마귀 언어로 말할 때처럼 아주 유창하게 말을 했대. 내 사랑이 그렇게 말해줬어. 그 아이는 씩씩하고 잘 생겼어. 게다가 그 아이는 공주한테 알랑거리려는 게 아니라 공주의 지혜를 들으려고 왔어. 그 애는 공주가 마음에 들었고, 공주도 그 애가 마음에 들었어."

"물론 카이는 정말 그래. 카이는 너무 똑똑해서 분수도 암산으로 할 수 있어. 아, 제발 날 그 성으로 데리고 가줘."

게르다가 말했다.

"말이야 쉽지, 우리가 어떻게 그럴 수 있겠어? 내 사랑과 한 번 이야기해볼게. 내 사랑이 어쩌면 뭔가 방법을 알려줄지도 몰라. 하지만 너처럼 어린 소녀 는 절대 성에 들어가지 못한다는 걸 알아둬야 해."`

까마귀가 말했다.

"아, 들어갈 수 있을걸. 카이가 내 소식을 들으면, 밖으로 나와 나를 당장 데리고 들어갈 거야."

게르다가 말했다.

"저기 저 문 옆에서 내가 올 때까지 기다리고 있어."

까마귀가 말했다. 그러고는 고개를 저으며 날아갔다.

어둠이 내려앉았을 때 까마귀가 돌아왔다.

"까악, 까악! 내 사랑이 너 칭찬하더라. 이 빵 한 조각 너 주래. 내 사랑이 이걸 부엌에서 찾아냈어. 거기에는 빵이 충분해. 너 배고프겠다. 넌 그 맨발로는 궁정 안으로 들어갈 수 없어. 은빛 옷을 입은 보초와 금빛 옷을 입은 군인들이 절대 안으로 들여보내지 않을 거야. 하지만 그렇다고 울 필요는 없어. 우리는 방법을 찾아낼 테니까. 내 사랑이 침실로 곧장 통하는 계단을 알아. 그곳 열쇠를 어디에 두는지도 알고 있어."

까마귀가 말했다.

이윽고 게르다와 까마귀는 정원으로 들어가 나뭇잎이 하나둘씩 떨어지는 넓은 산책로를 따라 걸어갔다. 궁정의 불빛이 하나둘씩 꺼질 때, 까마귀는 게르다를 이끌고 살짝 열려 있는 뒷문으로 갔다.

아, 게르다의 심장은 두려움과 그리움으로 마구 뛰었다. 뭔가 잘못을 저지르는 것 같은 느낌이 들었다. 그래도 정말 사랑스러운 카이인지 확인하고 싶었다. 그래, 틀림없이 카이일 것이라고 생각했다. 카이의 반짝이는 눈빛과 긴 머리카락을 떠올렸다. 집에서 장미 나무 아래 앉아 웃을 때 어떤 모습이었는지 또렷이 기억났다. 카이는 게르다를 보면 정말 반가워할 것이다! 자신을 찾으러 이렇게 멀리까지 온 이야기를 들으면 정말 반가워할 것이다. 카이가 집에 돌아오지 않아 사람들이 모두 슬퍼했다는 걸 알면 무척 반가울 것이다. 게르다는 두렵기도 기쁘기도 했다.

이제 둘은 계단을 올라갔다. 자그마한 등잔이 타고 있었다. 그리고 거기에 까마귀 한 마리가 서 있었다. 게르다를 보고는 고개를 까닥 움직였다. 게르다는 할머니가 가르쳐준 대로 예의 바르게 인사했다.

"내 약혼자가 당신 이야기 많이 했어, 귀여운 소녀. 네 이야기는 누구에게나 무척 감동적이야. 저 등잔을 조심스럽게 들어. 내가 앞장설게. 우리는 곧장 계속 가야 해. 그러면 아무하고도 마주치지 않을 거야."

까마귀가 말했다.

"누군가 우리 뒤를 따라오는 것 같아."

게르다가 말했다. 뭔가 휙 지나갔다. 벽에 드리운 그림자 같았다. 그림자가 가느다란 다리와 흔들리는 갈기의 말 모양으로 비쳤다. 거기에는 말에 올라탄 남자와 여자 사냥꾼의 그림자도 있었다.

"저건 꿈일 뿐이야. 왕실 주인들한테 사냥을 가자고 데리러 온 거야. 이건 오히려 다행이야. 이건 사람들이 잠들어 있는 동안 네가 그 사람들을 볼 수 있는 좋은 기회가 될 테니까. 하지만 장담하는데, 네가 높은 지위와 권력에 오를 때, 너는 고마워하는 마음도 잊지 않을 거야."

궁의 까마귀가 말했다.

"쯧 쯧! 그런 말 할 필요는 없어."

숲에서 온 까마귀가 말했다.

이제 일행은 첫 번째 방으로 들어갔다. 벽에 아름다운 꽃이 가득한 장밋빛 넓은 방이었다. 꿈 그림자들이 너무 빨리 지나가는 바람에 게르다는 귀족들을 제대로 볼 수 없었다. 계속 화려한 방이 이어져서 게르다는 무척 당혹스러웠다. 마침내 왕실 침실에 이르렀다.

침실 천장은 값비싼 유리 잎사귀가 달린 거대한 종려나무 가지 같았다. 방 한가운데에는 침대 두 개가 커다란 황금 줄기에 매달려 있었다. 그리고 침대는 백합 모양이었다. 하얀색 침대에 공주가 누워 있었다. 또 다른 침대는 빨간색이었다. 게르다는 카이를 찾으러 빨간 침대로 뛰어올랐다. 게르다가 진홍색 꽃잎 하나를 들춰보니 가느다란 갈색 목덜미가 보였다. 분명 카이 임에 틀림없었다. 게르다는 카이의 이름을 외치며 등잔을 가까이 가져다 댔다. 말에 탄 꿈들이 다시 방 안으로 뛰어 들어왔다. 잠에서 깨 고개를 돌린 사람은 카이가 아니었다.

왕자는 목만 카이를 닮았다. 왕자는 젊고 잘 생겼다. 공주가 백합처럼 하얀 자기 침대에서 밖을 내다보며 무슨 일이냐고 물었다. 게르다는 울면서 자신의 이야기, 까마귀들이 자신을 위해 해준 일들을 모두 털어놓았다.

"불쌍한 어린 것 같으니라고."

왕자와 공주가 말했다. 둘은 까마귀들을 칭찬해 주

눈의 여왕

었다. 화를 내지는 않았지만 다시는 그런 짓을 하지 말라고 말했다. 더욱이, 까마귀들은 보상을 받아야 했다.

"어디든 마음대로 훨훨 날아가고 싶니? 아니면 궁의 까마귀가 되어 평생 부엌의 음식 찌꺼기를 먹고 싶니?"

공주가 물었다.

까마귀 두 마리는 고개를 깊이 숙여 부엌을 택했다. 이 둘은 자신들의 미래와, 자신들의 '늙은 나이'를 생각했을 때, 그게 훨씬 낫다고 말했다.

왕자는 침대에서 일어나 게르다에게 자기 침대에 누우라고 했다. 왕자가 베푸는 최고의 행동이었다. 게르다는 작은 손으로 박수를 치며 생각했다.

'사람들도 동물들도 참 착하구나.'

게르다는 눈을 감고 평온하게 잠이 들었다. 꿈이 모두 다시 날아 돌아왔는데, 이들은 천사처럼 보였다. 천사들이 자그마한 썰매를 끌었는데, 그 썰매에 카이가 앉아 있었다. 카이가 게르다에게 고개를 끄덕였지만, 그저 한낱 꿈에 불과했다. 그래서 꿈에서 깨었을 때 모든 것이 사라져버렸다.

다음 날, 게르다는 머리부터 발끝까지 실크와 벨벳 옷을 입었다. 공주와 왕자는 게르다에게 성에 머물며 멋진 시간을 보내라고 했지만, 게르다는 그 대신에 작은 마차 하나, 작은 말 하나, 작은 신발 한 짝을 달라고 부탁했다. 그러면 넓은 세상으로 달려 나가 카이를 찾겠다고 했다.

공주와 왕자는 신발 한 짝과 토시를 내주었다. 둘은 게르다를 아주 멋지게 입혔다. 게르다가 떠날 준비가 되자, 문 앞에는 황금 마차 한 대가 서 있었다. 마차에는 왕자와 공주의 왕실 문장이 별처럼 반짝반짝 빛났다.

마부와 하인 모두 황금 관을 쓰고 있었다. 왕자와 공주는 직접 게르다가 마차에 올라타게 도와주며 행운을 빌어주었다. 숲에서 만난 까마귀는, 이제 결혼을 했는데, 처음 약 3마일 정도 게르다와 함께 동행해 주었다. 뒤로 돌아앉으면 속이 안 좋았기에 게르다 옆에 앉았다. 궁의 까마귀는 문 옆에 서서 날개를 흔들었다. 그 까마귀는 부엌에서 너무 많이 먹어 배가 아파 따라오지 않았다. 마차 안에는 달콤한 과자가 나란히 준비되어 있었다. 그리고 좌석에는 과일과 진저브레드가 한 가득 놓여 있었다.

"잘 가, 잘 가."

왕자와 공주가 크게 외쳤다. 게르다는 울었다. 까마귀도 처음 몇 마일 동안 울었다. 이윽고 까마귀는 작별 인사를 했다. 정말 슬픈 이별이었다. 까마귀는 나무 위로 날아올라 마차가 사라질 때까지 그 커다란 검은 날개를 흔들었다. 마차는 햇빛 속에서 밝게 빛났다.

다섯 번째 이야기,
산적의 딸

마차는 불타는 횃불처럼 어두운 숲으로 들어갔다. 이 때문에 몇몇 산적들 눈에 확 띄었다. 산적들은 잠자코 있을 수 없었다.

"금이다! 금이다!"

산적들은 소리쳤다. 그러고는 앞으로 내달려 말을 붙잡고 마부와 하인을 죽이고 어린 게르다를 마차에서 끌어냈다.

"정말 포동포동한 게 아주 예쁘네. 나무 열매를 아주 잘 먹어 살을 찌웠나 봐! 통통한 양 한 마리쯤 되겠어. 아주 맛있는 한 끼가 될 것 같은 데!"

나이 든 여자 산적이 소리쳤다. 이 산적 얼굴에는 거친 수염이 길게 나고, 눈썹이 덤불처럼 무성했다. 산적은 이렇게 말하고는 무시무시하게 번쩍거리는 칼을 꺼냈다.

"아얏!"

문득 산적이 꽥 소리쳤다. 바로 그 순간, 산적의 딸이 귀를 물어뜯었다. 딸은, 산적의 등에 업혀 있었는데, 사납고 제멋대로 굴었다.

"이 짐승 같은 녀석!"

산적이 소리쳤다. 그 바람에 게르다에게 칼을 휘두르지 못했다.

"나 쟤랑 놀 거야. 저 아이가 나한테 입고 있는 저 옷하고 토시를 줄 거야. 내 침대에서 나랑 함께 잘래."

산적 딸이 말했다. 그러고는 한 번 더 깨물었다. 산적은 너무 아파 펄쩍펄쩍 뛰었다. 다른 산적들도 모두 웃음을 터트렸다.

"꼬마를 업고 춤추는 저 꼴 좀 봐."

"난 마차에 탈 거야."

산적 딸이 마차에 올라탔다. 이 딸은 제멋대로인데다 고집이 엄청 셌다. 산적 딸과 게르다는 마차에 타서 나무와 돌이 깔린 울퉁불퉁한 길을 지나 숲 깊숙이 들어갔다. 산적 딸의 키는 게르다 정도였지만, 힘이 훨씬 세고 어깨가 떡 벌어졌다. 갈색 피부에, 눈은 칠흑처럼 까맸는데 표정은 퍽 우울해 보였다. 산적 딸이 게르다를 껴안고 말했다.

"내 마음에 들면 사람들이 널 해치지 않을 거야.
너 공주니?"

"아니, 아니야."

게르다가 말했다. 게르다는 자신에게 있었던 일을
모두 들려줬다. 그리고 자신이 사랑스러운 카이를 얼
마나 걱정하는지도 말해줬다. 산적 딸은 게르다를 진
지하게 바라보며, 알겠다는 듯 고개를 끄덕이고는 말
했다.

"내가 너한테 화가 나도, 사람들이 널 죽이지 못
할 거야. 내가 너를 직접 죽일 테니까!"

그리고는 게르다의 눈물을 닦아주고, 자신의 두 손
을 게르다의 부드럽고 따스한 토시에 찔러 넣었다.
마침내 마차가 산적이 사는 성 마당에 멈추었다. 성
벽은 아래부터 위까지 쩍쩍 금이 가 갈라졌다. 까마귀
와 갈까마귀들이 성벽에 뚫린 총구멍 사이로 날아다니

고, 사람도 잡아먹을 정도로 커다란 개들이 공중에 펄쩍펄쩍 뛰었다. 하지만 짖는 게 금지되었기에 짖지 않았다.

돌이 깔리고, 연기 자욱한 낡은 방 한가운데에 불이 활활 타올랐다. 그 연기가 천장까지 차오르며 밖으로 나갈 길을 찾았다. 커다란 가마솥에는 수프가 펄펄 끓고, 꼬치에 토끼고기가 익어가고 있었다.

"너는 오늘 밤 나랑, 우리 동물들이랑 같이 잔다!"

산적 딸이 말했다. 실컷 먹고 마시고 나서, 둘은 지푸라기가 깔린 구석 자리로 갔다. 잠자리 주위로 나뭇가지와 횃대 위에 비둘기가 백 마리 정도 모여 있었다. 비둘기들은 잠이 든 것처럼 보였지만, 어린 소녀 둘이 가까이 다가오자 꿈틀거렸다.

"저 비둘기들은 모두 내 거야."

산적 딸이 말했다. 옆에 있던 비둘기를 붙잡더니, 다리 하나를 잡고 흔들어대 마침내 비둘기가 날개를 퍼덕거렸다.

"애한테 입 맞춰."

산적 딸이 소리치며 새를 게르다의 얼굴에 툭 던졌다.

"저 두 녀석은 몹쓸 장난꾸러기들이야. 숲의 장
난꾸러기들이지. 저렇게 막아놓지 않으면 금세 달
아나 버릴 거야."

그러고는 저 높은 곳, 벽에 나무 막대기로 막아 놓은
구멍을 가리키며 말했다.

"그리고 이건 내 단짝 친구 베에야."

그러더니 순록의 뿔을 확 잡아당겼다. 순록의 목에
는 반짝반짝 빛나는 구리 목걸이가 걸려 있었다.

"녀석을 잘 감시해야 해. 안 그러면 곧장 달아날
테니까. 매일 밤마다 나는 녀석의 목을 칼날로 간지
럽혀. 그러면 녀석이 잔뜩 겁을 집어먹거든."

산적 딸은 벽의 구멍에서 기다란 칼 하나를 꺼내 순

록의 목에 겨누었다. 불쌍한 동물이 발버둥 치자 산적 딸은 마구 웃으며 게르다를 자기 침대로 끌어당겼다.

"자면서 계속 칼을 들고 있을 거야?"

게르다가 살짝 겁먹은 표정으로 칼을 바라보며 물었다.

"난 언제나 칼을 들고 자. 무슨 일이 일어날지 아무도 모르잖아. 그건 그렇고, 네가 어린 카이에 대해 아까 나한테 해준 말, 네가 넓은 세상을 방황한 이유에 대해 다시 말해줘."

산적 딸이 말했다.

게르다는 이야기를 모두 다시 들려줬다. 그러는 사이 야생 비둘기들은 머리 위 새장에서 구구 울어대고, 집비둘기들은 잠이 들었다. 산적 딸은 한 손으로 게르다의 목을 움켜잡고, 다른 손으로는 칼을 꽉 쥔 채, 잠이 들었다. 그러고는 누구나 들을 수 있을 만큼 시끄럽게 코를 골았다. 하지만 게르다는 전혀 눈을 감을 수 없었다. 자신이 살아남을지 죽게 될지 전혀 알지 못했

원작으로 읽는 안데르센 동화 5선

다. 산적들은 불가에 앉아 노래하고 마셔댔다. 그리고
나이 든 그 여자 산적은 재주넘기를 했다. 게르다가 보
기에는 꽤 끔찍했다.

이윽고 숲비둘기가 말했다.

"구구. 구구. 우리가 카이를 봤어. 하얀 암탉이 그
아이 썰매를 끌었어. 카이는 눈이 여왕의 썰매에 앉
아 있었어. 여왕의 썰매는 우리 둥지가 있는 나무
위까지 바짝 스쳐 지나갔어. 눈의 여왕은 어린 것들
을 다 날려 죽여 버렸어. 우리만 살아남았어. 구구,
구구."

"거기서 하는 말, 그게 무슨 말이야? 눈의 여왕은
어디로 갔어? 뭐 아는 거 없어?"

게르다가 소리쳐 물었다.

"눈의 여왕은 분명 라플란드로 갔을 거야. 거기
는 늘 눈하고 얼음으로 덮여 있어. 네 옆에 묶여 있
는 순록한데 물어보지 그래?"

순록이 게르다한테 말했다.

"그래, 눈부시게 아름다운 그 땅은 얼음과 눈으로 덮여 있어. 그 드넓고 반짝이는 들판을 맘대로 뛰어다닐 수 있지. 눈의 여왕은 거기에 여름 숙소가 있어. 하지만 여왕의 본거지는 북극 근처에 있는 성이야. 스핏스베르겐이라고 부르는 섬에 있지."

"아, 카이, 사랑스러운 카이."

게르다가 한숨지었다.

"잠자코 누워 있어. 안 그러면 칼로 네 배를 푹 찔러버릴 거야."

산적 딸이 말했다.

아침에 게르다는 숲에 사는 비둘기들이 해준 말을 모두 산적 딸에게 들려줬다. 산적 딸은 곰곰 생각에 잠긴 표정이었다. 고개를 끄덕이고는 크게 소리쳤다.

"나한테 맡겨! 나한테 맡겨!"

원작으로 읽는 안데르센 동화 5선

그러고는 순록에게 물었다.

"라플란드가 어딘지 알아?"

순록이 두 눈을 반짝이며 대답했다.

"나보다 잘 아는 사람이 누가 있을까? 난 그곳에서 태어났어. 그곳에서 자라고, 그곳에서 자유롭게 뛰어놀았어. 눈밭을 가로질러 달렸지."

"잘 들어! 너도 알다시피, 남자들이 다 갔어. 우리 엄마는 아직 이곳에 있어. 엄마는 계속 여기 있을 거야. 하지만 아침이 되기 전에 엄마는 저 커다란 병을 다 마셔버릴걸. 그러고는 보통 낮잠을 늘어지게 자지. 엄마가 잠이 들자마자, 내가 너한테 친절을 베풀어줄게."

산적 딸이 게르다한테 말했다.

그러고는 침대에서 펄쩍 뛰어나와, 달려가 자기 엄마의 목을 감싸고, 엄마의 까칠까칠한 수염을 잡아당기며 말했다.

"잘 잤수? 우리 사랑스러운 염소 아줌마."

산적 딸의 엄마는 소녀의 코를 잡고 시뻘게질 때까지 비틀었다. 하지만 이 모든 건 순수한 사랑의 표시였다. 엄마가 병을 비우고 잠에 곯아떨어지자마자, 산적 딸은 순록에게 달려가 말했다.

"널 여기 계속 가둬두고, 이 날카로운 칼로 널 간지럽히고 싶어. 내가 그렇게 하면 넌 엄청 좋아하지. 하지만 그런 건 신경 쓰지 마. 내가 밧줄을 풀어 밖으로 빼내줄게. 그러면 라플란드로 돌아갈 수 있어. 이 아이의 소꿉친구가 있다는 눈의 여왕의 성까지 이 애를 데리고 가야 해. 이 애가 나한테 한 말을 너도 분명 들어서 알지. 이 애가 엄청 큰 소리로 말해서 너도 엿듣고 있었으니까."

순록은 허공으로 뛰어갈 생각에 무척 기뻤다. 산적 딸은 게르다를 순록 등에 태우고 조심스럽게 자리에 앉힌 다음 작은 쿠션 하나를 주기까지 했다.

"아직 안 끝났어. 여기, 거지같은 털 신발 받아.

거기는 엄청 추울 테니까. 토시는 내가 가질게. 왜
냐하면 너무 예쁘거든. 하지만 네 손가락이 동상에
걸리면 안 되겠지. 이거, 우리 엄마 장갑이야. 네 팔
꿈치까지 올라갈 거야. 이거 껴. 이제 네 손이 우리
못생긴 엄마의 큼지막한 손처럼 보이네.”

게르다는 기쁨의 눈물을 흘렸다.

“징징 우는 거 못 봐주겠네! 이제 행복해 보여야
지. 여기, 빵 두 조각이랑 햄 받아. 이거면 굶어죽지
는 않을걸.”

산적 딸이 말했다.
빵과 햄을 순록의 등에 묶고는, 산적 딸은 문을 열고
커다란 개들을 모두 안으로 불러들였다. 그러고는 칼
로 순록을 묶은 밧줄을 툭 끊고는 순록에게 말했다.

“이제 달려가. 이 사랑스러운 아이를 잘 돌봐야 해.”

게르다는 커다란 장갑 낀 손을 산적 딸에게 흔들며
작별 인사를 했다. 이윽고 순록이 펄쩍 뛰어갔다. 나무

와 자갈 위로, 드넓은 숲을 가로지르며 습지를 넘어 평원을 힘껏 달렸다. 늑대가 짖어대고, 갈까마귀가 울어댔다. 하늘이 이리저리 환하게 빛났다. 누군가 훌쩍이는 듯한 소리가 들려왔다.

"저게 내 친구 오로라야. 저 아름다운 빛 좀 봐."

순록이 말했다. 그러고는 밤이고 낮이고 더 빨리 달려갔다. 빵과 햄을 다 먹었다. 이제 드디어 라플란드에 도착했다.

여섯 번째 이야기,
라프족 여인과 핀족 여인

순록은 작은 오두막 앞에서 멈췄다. 그곳은 대충 지은 허름한 집이었다. 지붕은 금방이라도 주저앉을 것

같았고, 문은 너무 낮아서 식구들은 납작 엎드려 기어
서 드나들어야 했다. 집에는 늙은 라프족 여인 말고는
아무도 없었다. 그 여인은 고래 기름 등잔에 생선을 굽
고 있었다. 순록은 그 여인에게 게르다의 이야기를 모
두 들려줬다. 하지만 그전에 자기 이야기가 훨씬 더 중
요하다고 생각했기에 자신의 이야기부터 들려줬다. 게
다가, 게르다는 너무 추워서 한 마디도 힐 수가 없었다.

    "아, 이 불쌍한 것 같으니라고. 아직도 갈 길이 많
  이 남았어. 아, 핀마크로 가려면 몇 백 마일은 더 가
  야 해. 거기에서 눈의 여왕이 휴가를 보내며 매일
  밤마다 파란색 불꽃을 불태우고 있지. 내가 말린 대
  구 위에 전갈을 적어줄게. 내겐 종이가 없거든. 그
  전갈을 저기 위쪽에 사는 핀족 여인한테 가지고 가.
  그 여자는 나보다 훨씬 더 많은 걸 네게 알려줄 수
  있을 거야."

라프족 여인이 말했다.
  게르다가 얼어붙은 몸을 녹이고 요기를 하고 나자,
라프족 여인은 말린 대구에 몇 자 적고 잘 가지고 가라
고 당부했다. 그러고는 게르다를 다시 순록의 등에 단

눈의 여왕

단히 묶어주었다. 순록은 다시 달렸다. 밤새도록 하늘은 탁탁 쉭쉭 소리를 내며 아름다운 오로라를 선사했다. 마침내 핀마크에 도착해, 핀족 여인의 집 굴뚝을 두드렸다. 문이라고 할 만한 게 없었기 때문이다. 집은 무척 뜨거웠다. 그래서 핀족 여인은 거의 벌거벗은 채로 집 안을 돌아다녔다. 몸집이 작고 더러운 그 여자는 곧장 게르다가 장갑과 신발과 옷을 벗도록 도와주었다. 그렇지 않으면 집 안에서 버티기 힘들었다. 그러고 나서 여자는 순록의 머리 위에 얼음조각 하나를 올려놓고는 대구에 적힌 글을 읽었다. 그걸 세 번 읽고 외운 다음에 대구를 수프 냄비에 넣었다. 대구는 먹을 만했다. 여자는 뭐든 허투루 버리는 법이 없었다.

순록은 그 여자한테 자신의 이야기를 먼저 들려주고 어린 게르다 이야기를 했다. 핀족 여인은 알았다는 듯 눈을 깜빡였지만 아무 말도 하지 않았다.

순록이 말했다.

"당신은 엄청 현명한 분이군요. 당신이 목화 실로 세상의 바람을 모조리 묶을 수 있다는 거, 난 알아요. 뱃사람이 매듭을 풀면, 우리가 좋아하는 바람이 불어요. 또 다른 매듭을 풀면 강풍을 맞을 수 있고, 만약 세 번째, 네 번째 매듭을 풀면 숲속 나무를 쓰러트릴 정도로 엄청난 강풍이 불어요. 이 어린 소녀에게 마실 것을 좀 줄 수 없나요? 이 아이를 남자 열두 명만큼 강하게 만들어주면 좋겠어요. 그래야 눈의 여왕을 이길 수 있을 테니까요."

"남자 열두 명이라. 정말 그럴듯하군."

핀족 여인이 툴툴거렸다.

여자는 선반으로 가, 돌돌 만 커다란 짐승 가죽을 내려 펼쳤다. 그 가죽에는 희한한 글자가 적혀 있었다. 여자는 그 글을 읽어 내려갔다. 이마에 땀이 줄줄 흘러내렸다.

순록은 게르다를 도와달라고 다시 한 번 부탁했다. 게르다는 애처로운 눈으로 여자를 바라보았다. 그러자 여자는 다시 눈을 깜빡였다. 여자는 순록을 구석으로 데리고 가서 순록의 머리에 얼음조각 하나를 또 올려주며 속삭였다.

"카이는 정말 눈의 여왕과 함께 있어. 거기 모든게 그 아이한테 아주 잘 맞아. 그 아이는 그곳이 이 세상에서 가장 멋진 장소라고 생각하고 있어. 하지만 그건 그 아이 심장에 유리 조각이, 눈에 작은 유리 조각이 박혀있기 때문이야. 그 유리 조각들을 빼내지 않으면, 그 아이는 다시는 인간이 될 수 없을 거야. 눈의 여왕은 엄청난 힘으로 그 아이를 계속 붙잡아둘 거야."

"게르다에게 뭔가 마실 걸 당신이 만들어줄 수는 없나요? 전부 다 상대할 힘을 줄 수 없나요?"

"내가 저 애한테 줄 수 있는 힘은 저 아이가 지금 이미 갖고 있는 힘보다 크지 않아. 인간과 짐승들이 저 아이를 도우려 하는 거 안 보이니? 이 넓은 세상에서 저 아이가 애초에 맨발로 이렇게나 멀리까지 온 게 안 보여? 우리는 저 아이한테 그 힘에 대해 말하면 안 돼. 그 힘은 저 아이 마음속에 들어 있어. 저 아이는 아주 사랑스럽고 순수하거든. 저 아이가 직접 눈의 여왕한테 가서 어린 카이에게서 그 유리 조각을 빼낼 수 없다면, 우리가 저 아이를 도울 수 있는 방법은 없어. 넌 저 어린 소녀를 그곳에 데리고 가, 눈에서 자라는 붉은 베리로 뒤덮인 커다란 관목에 내려놓아야 해. 그러고 나서 거기 서서 수다나 떨지 말고 얼른 이곳으로 와."

핀족 여인은 어린 게르다를 순록 위에 들어 올렸다. 순록은 있는 힘껏 달려갔다.

"아! 신발과 장갑을 깜빡히고 놓고 왔네."

게르다가 소리쳤다. 살을 에는 듯한 추위 속에서 신발과 장갑이 필요하다는 사실을 곧 깨달았다. 하지만 순록은 감히 멈추려 하지 않았다. 순록은 전속력으로 달려 마침내 붉은 베리가 뒤덮인 커다란 관목에 들어섰다. 이곳에서 순록은 게르다를 내려놓고 입을 맞추었다. 얼굴에는 반짝이는 눈물이 흘러내렸다. 이윽고 힘껏 달려 되돌아왔다. 게르다는 신발과 장갑도 없이 얼음처럼 차가운 핀마크 한가운데 서 있었다.

게르다는 온 힘을 다해 뛰었다. 눈송이가 게르다를 향해 휘몰아쳤다. 하지만 그 눈송이는 하늘에서 떨어지는 게 아니었다. 하늘에는 구름 한 점 없이 오로라가 불타오르고 있었기 때문이다.

눈송이가 땅으로 휘몰아쳤다. 가까이 다가올수록 점

점 더 커졌다. 게르다는 돋보기로 눈송이를 보았을 때 무척 크고 기이해 보였다는 사실이 떠올랐다. 하지만 이곳에서 눈송이는 훨씬 더 괴기스럽고 으스스했다. 눈송이는 살아 있었다. 이 눈송이는 눈의 여왕의 선발대로, 정말 기괴한 모양이었다. 너무 많이 자란 흉측한 호저를 닮은 것도 있었다. 어떤 건 똬리를 튼 뱀처럼 생겼는데, 사방으로 머리를 내밀고 있었다. 털을 죄다 곤두세운 뚱뚱한 어린 곰처럼 생긴 눈송이도 있었다. 모두 하얗게 반짝반짝 빛났다. 모두 살아 있는 눈송이였다.

너무 추웠다. 게르다가 주의 기도를 읊조리자 입김이 구름처럼 눈앞에서 꽁꽁 얼었다. 구름은 점점 더 짙어지며 작은 천사들의 모습이 되었다. 연기구름이 땅에 닿으며 점점 더 커져갔다. 천사들은 모두 머리에 투구를 쓰고 손에는 방패와 창을 들었다. 점점 더 늘어났다. 게르다가 기도를 마치자, 한 무리 천사들이 게르다를 둘러싸고 있었다. 천사들은 창으로 끔찍한 눈송이들을 찌르고, 수천 조각으로 베어버렸다. 게르다는 아무런 방해도 받지 않고 경쾌하게 걸어갔다. 천사들이 게르다의 손과 발을 비벼 따뜻하게 해주었다. 게르다는 눈의 여왕의 궁전으로 힘차게 걸어갔다.

하지만 이제 우리는 카이가 어떻게 지내는지 알아야 한다. 게르다는 카이의 마음속에서 아주 멀리 밀려났다. 카이는 게르다가 궁전 밖에 왔다는 생각은 조금도 하지 못했다.

일곱 번째 이야기,
눈의 여왕의 궁정에서는 무슨 일이 있었나?
그리고 그 뒷이야기

성벽은 휘몰아치는 눈으로, 창문과 문은 살을 에는 듯한 바람으로 지었다. 성에는 백 개도 넘는 방이 있었는데, 그 방은 바람에 휩쓸려온 눈으로 만들었다. 가장 큰 방은 수 마일 뻗어 있었다. 방마다 오로라의 불꽃으로 환했다. 모두 엄청 크고 모두 텅 비었다. 모두 얼음장처럼 춥고 모두 화려했다! 즐거움의 흔적이라고는 하나도 없었다. 북극곰이 폭풍의 음악에 맞춰 뒷발로 어기적어기적 걸으며 최고의 예의범절을 과시하는 그런 사소한 춤도 없었다. 눈먼 곰의 가족 또는 새끼들을 위해 수건을 숨기는 놀이를 하는 조촐한 파티도 열리지 않았다. 암컷 흰여우들이 수다를 떨어대는 오후의 조촐한 커피 모임도 없었다.

눈의 여왕의 방은 다 텅 비고, 크고, 추웠다. 오로라는 규칙적으로 빛을 내, 언제 가장 높고 언제 가장 낮을지 정확히 알 수 있었다. 드넓고, 텅 빈 눈의 방 한가운데 꽁꽁 언 호수가 하나 있었다. 호수는 수천 조각으로 금이 가 있었지만, 각각의 조각은 똑같은 모양이었다. 마치 위대한 장인의 작품처럼 보였다. 눈의 여왕은 집에 있을 때 그 호수 한가운데 앉아 있었다. 이것을 '이성의 거울' 위에 앉는다고 말했다. 이 거울은 이 세상에서 유일무이한 최고의 물건이라고 했다.

카이는 추위에 온몸이 새파랗게 변해 거의 시커메졌다. 하지만 추위를 느낄 수 없었다. 눈의 여왕이 입을 맞추어 떨지 않게 해주었다. 또한 카이의 심장은 거의 얼음으로 변해 버렸다. 카이는 뾰쪽하고 납작한 얼음 조각을 이리저리 움직이며 패턴으로 맞추려 했다. 우리가 집에서 하는, 자그맣고 납작한 나뭇조각들을 특정한 디자인으로 꿰맞추는 중국 퍼즐 게임과 비슷했다. '얼음처럼 차가운 이성' 게임에서 조각을 교묘하게 늘어놓았다. 눈에 박힌 유리 조각 때문에 그 패턴들이 눈에 확 들어오고 가장 중요해 보였다. 카이는 조각을 배열해 수많은 단어를 만들어냈다. 하지만 자신이 그렇게나 맞추고 싶어 하는 한 가지 단어는 결코 알아차릴 수 없었다. 그 단어는 '영원'이었다. 눈의 여왕은 카이에게 이렇게 말한 적이 있었다.

"네가 알아맞히면, 넌 너 자신의 주인이 될 수 있어. 그럼 내가 너한테 이 세상을 주겠다. 그리고 스케이트 한 벌도 새로 주지."

하지만 카이는 그걸 알아맞힐 수 없었다.

"난 이제 따뜻한 나라로 날아가겠다. 검은 가마솥을 들여다봐야 해."

눈의 여왕이 카이에게 말했다. 검은 가마솥이란 에트나 화산과 베수비오 화산을 뜻했다.

"살짝 하얗게 칠해야 해. 그래야 하거든. 그러면

오렌지하고 포도나무가 마음을 푹 놓을 거야."

그러고는 날아가 버렸다. 카이는 그 텅 빈 얼음장 방 안에 혼자 앉아 얼음조각으로 퍼즐을 맞추었다. 머리에서 딱딱 소리가 날 지경이었다. 하도 꼿꼿하게 잠자코 앉아 있어서 누군가는 마치 얼어 죽었다고 생각했을 것이다.

불현듯, 게르다가 살을 에는 바람의 그 큰 문을 지나 성 안으로 걸어 들어왔다. 게르다가 저녁 기도를 읊자 바람이 잦아들었다. 게르다는 차갑고 텅 빈 넓은 방 안으로 들어섰다. 마침내 카이의 모습이 보였다. 카이를 한눈에 알아봤다. 얼른 달려가 품에 안았다. 카이를 꼭 껴안고 울부짖었다.

"카이, 사랑하는 카이! 마침내 널 찾았어!"

하지만 카이는 꼼짝 않은 채 꼿꼿하고 차갑게 앉아 있었다. 게르다는 뜨거운 눈물을 쏟아냈다. 눈물이 카이의 몸에 떨어져 곧장 심장으로 들어갔다. 그 눈물이 얼음덩어리를 녹이고 그 안에 박힌 유리 조각을 태워 없앴다.

카이는 게르다를 올려다봤다. 그러자 게르다가 노래했다.

"장미꽃이 달콤한 계곡에,

틀림없이 예수의 아이가 있을지니."

카이가 갑자기 눈물을 터뜨렸다. 실컷 눈물을 흘리고 나니 눈에 박힌 작은 유리 조각이 씻겨 나왔다.

"게르다! 우리 사랑스러운 게르다, 이렇게 오랫동안 어디 갔었던 거야? 그리고 내가 지금 어디에 있는 거야?"

카이는 게르다를 알아보고는 행복에 겨워 소리쳤다. 이윽고 주변을 둘러보더니 이어 말했다.

"여기 정말 춥다! 엄청 넓고 아무것도 없어!"

카이는 게르다를 꼭 안았다. 게르다는 웃었다. 마침내 행복한 눈물이 게르다의 뺨을 타고 흘러내렸다. 이들의 행복은 너무나도 아름다워서 유리 조각조차 곁에서 춤을 추며 행복을 함께 나누었다.

유리 조각은 점차 지쳐갔다. 이제 하나의 패턴으로 떨어지며 눈의 여왕이 카이에게 말했던 바로 그 단어를 만들었다. 카이가 스스로 주인이 되어, 온 세상과 새 스케이트 한 짝을 얻기 위해 찾아야만 하는 바로 그 단어를······.

게르다는 카이의 뺨에 입을 맞추었다. 그러자 뺨이 다시 발그레해졌다. 게르다는 카이의 눈에 입을 맞추었다. 카이의 눈이 게르다의 눈처럼 초롱초롱 빛났다. 게르다는 카이의 손과 발에 입을 맞추었다. 카이는 다시 튼튼하고 건강해졌다. 눈의 여왕은 이제 언제든 내킬 때 돌아올지 모른다. 카이를 풀어준 말이 얼음덩이에 갇혀 있었다.

카이와 게르다는 손을 맞잡고 거대한 성을 느릿느릿 빠져나왔다. 둘은 할머니에 대해, 지붕 위의 장미에 대해 이야기를 나누었다. 걸을 때마다 바람이 멎고 태양이 비쳤다. 빨간 베리로 뒤덮인 관목에 이르자, 대기하고 있던 순록이 두 사람들을 맞아주었다. 순록은 사랑스러운 순록 짝과 함께 있었는데, 그 순록에게는 이 아이들이 마실 수 있는 따뜻한 우유가 있었다. 순록이 아이들에게 입을 맞춰주었다. 이윽고 이 순록들이 게르다와 카이를 태우고 먼저 핀족 여인에게로 갔다. 아이들은 그곳 뜨거운 방에서 몸을 녹였다. 핀족 여인이 집으로 가는 방향을 알려주었다. 아이들은 라프족 여인에게로 갔다. 라프족 여인은 이들에게 새 옷을 만들어주고, 썰매를 태워주었다.

순록 두 마리는 함께 북쪽 끝까지 나란히 달렸다. 이제 처음으로 초록 봉우리기 보였다. 이곳에서 카이와 게르다는 순록 두 마리와 라프족 여인에게 작별 인사를 했다.

"안녕."

작은 새들이 처음으로 짹짹 짖어대는 소리가 들렸다. 주변 숲에는 이제 초록 봉우리가 가득했다. 문득, 숲에서 말을 탄 소녀가 당당하게 나왔다. 게르다는 그 말을 알아봤다. 그 말은 한때 황금 마차를 몰았었다. 말에 탄 소녀는 머리에 빨간색 모자를 쓰고, 허리춤에는 권총 두 자루를 차고 있었다. 바로 그 산적의 딸이었다. 산적 딸은 집에 있는 게 지겨워져, 북극 나라로 여행을 떠났던 것이다. 그곳도 마음에 들지 않으면, 세상은 넓으니 산적 딸이 갈 수 있는 곳은 널려 있었다.

산적 딸은 게르다를 한눈에 알아봤다. 게르다 또한 산적 딸을 알아봤다. 즐거운 만남이었다.

산적 딸이 카이에게 말했다.

"너 돌아다니는데 일가견이 있구나. 누군가 널 위해 지구 끝까지 달려갈 만한 가치가 너한테 있는지 정말 알고 싶네."

하지만 게르다는 산적 딸의 뺨을 토닥이며 왕자와 공주에 대해 물었다.

"둘은 외국으로 여행 중이야."

게르다에게 알려주었다.

"까마귀는?"

"아, 까마귀는 죽었어. 까마귀의 사랑이 이제 혼자가 되었어. 그 까마귀는 검은 양털 조각을 다리에 두르고 있어. 자기 연민에 빠졌어. 모두 터무니없는 짓이야. 이제 네 이야기 좀 해봐. 무슨 일이 있었는지, 어떻게 카이를 찾아냈는지."

산적 딸이 말했다.

게르다와 카이는 산적 딸에게 자신들의 이야기를 들려주었다.

"어이쿠, 얼씨구. 그럼 다 잘 되었네."

산적 딸은 악수를 나누고, 둘의 마을을 지나가게 되면 꼭 찾아가겠다고 약속했다. 그러고는 말을 타고 떠났다.

카이와 게르다는 손을 꼭 잡았다. 길을 걷는 내내 화창한 봄 날씨가 이어졌다. 땅은 초록으로 물들고 꽃이 흐드러지게 피었다. 교회 종소리가 울리고, 커다란 마을의 높은 첨탑이 눈에 들어왔다. 둘이 살던 마을이다. 게르다와 카이는 곧장 할머니 집으로 걸어가 계단을 올라 방 안으로 들어갔다. 모든 게 떠나올 때와 똑같았다. 시계가 째깍거리고, 시곗바늘이 시간을 알려줬다. 하지만 문 안으로 들어선 순간, 한 가지 변한 것을 알아차렸다. 두 사람은 이제 어른이 되어 있었다.

열린 창문으로 지붕 위 장미가 보였다. 작은 의자 두

개가 여전히 그곳에 있었다. 카이와 게르다는 그 의자에 앉아, 서로 손을 꼭 잡았다. 둘 모두 마치 몹쓸 꿈이었던 것처럼, 눈의 여왕이 살던 궁정의 차갑고 호화로운 텅 빈 공간을 까맣게 잊었다. 할머니는 신의 선한 햇빛을 받으며 자리에 앉아 성서를 읽어주었다.

"어린아이와 같지 아니하면 천국에 들어갈 수 없다."

카이와 게르다는 서로의 눈을 들여다보았다. 둘은 자신들이 부르던 오랜 성가의 뜻을 마침내 깨달았다.

"장미꽃이 달콤한 계곡에,틀림없이 예수의 아이가 있을지니."

둘은 이제 어른이 되어 그곳에 앉았다. 하지만 마음은 여전히 아이였다. 이제 여름이 되었다. 따뜻하고 눈부시게 아름다운 여름이었다.

인어 공주

The Little Mermaid

Andersen

The Little Mermaid

저 멀리 드넓은 바다에, 바닷물은 사랑
스러운 수레국화 꽃잎만큼이나 파랗고 깨끗한 유리만
큼이나 투명하다. 하지만 매우 깊기도 하다. 닻 밧줄이
닿는 곳보다 더 깊이 내려가서 바다 밑바닥부터 수많
은 첨탑이 위로, 위로 높이 쌓일 정도이다. 거기 아래
인어들이 살았다.

자, 바다 밑바닥에는 그저 하얀 모래만 횅뎅그렁 있
다고 추측하지 마라. 절대로 그렇지 않다! 하늘거리는
줄기와 잎이 달린 놀라운 나무와 꽃들이 그곳 아래에
서 자라는데 , 바닷물이 조금만 휘저어도 마치 살아있

는 것처럼 몸을 흔들어 댄다. 여기 새들이 나무 위로 날아가는 것처럼 각양각색의 물고기가 나뭇가지 사이를 드나든다.

드넓은 바다 가장 깊은 곳에 바다 왕의 궁전이 솟아 있다. 성벽은 산호로 지었으며 높이 솟은 뾰족한 창문은 보석, 호박으로 만들었다. 지붕은 홍합 껍데기로 만들어 파도에 맞추어 입을 벌렸다가 닫았는데 아주 장관이다. 조개는 모두 반짝이는 진주를 품었는데 어느 것이라도 여왕이 쓰는 왕관의 자랑거리가 될 만했다.

저 아래 바다 왕은 몇 년 동안 아내를 잃고 혼자 살았다. 노모가 아들을 대신해 가정을 돌보았다. 노모는 현명한 여인이지만, 자신의 귀족 태생에 자부심이 강했다. 그리하여 자기 꼬리에 굴 열두 개를 달아 과시하면서도 궁정의 다른 부인들에게는 오직 여섯 개만 달고 다니게 했다. 이것만 빼고는 대체적으로 칭찬할 만한 사람이었다.

특히 손녀들, 어린 바다 공주들을 지극히 좋아했기 때문에 칭찬할 만했다. 사랑스러운 공주가 여섯 명 있었는데 그중에서 막내가 가장 아름다웠다. 피부는 장미 꽃잎처럼 부드럽고 매끄러웠으며 눈동자는 깊은 바다처럼 파란빛이었다. 하지만 다른 인어들처럼 발이 없었다. 몸 끝에 물고기의 꼬리가 달렸다.

낮 내내 공주들은 성 안, 살아있는 꽃들이 벽에서 자라는 저 아래 거대한 홀에서 놀았다. 우리가 창문을 열면 제비들이 우리 방으로 쏜살같이 달려오듯이, 높은 호박 보석 창문이 열리면 물고기들이 헤엄쳐 안으로 들어갔다. 지금 이 물고기들은 공주들 손에서 먹이를 받아먹고 귀여움을 받으러 곧장 헤엄쳐 갔다.

성 밖에는 불꽃처럼 빨갛고 또 깊은 바다색 같은 나무가 자라는 정원이 있다. 나무 열매는 황금처럼 빛나고 꽃은 끊임없이 손짓하는 가지에 붙어서 불꽃처럼 일렁였다. 흙은 정말이지 아주 고운 모래로, 불타는 유황처럼 파란빛이었다. 야릇한 파란 장막이 거기 아래 모든 것에 드리웠다. 여러분은 바다 밑바닥이 아니라, 위아래로 온통 파란 하늘만이 있는 높은 곳에 있다고 생각할지 모른다. 죽은 듯이 고요할 때면 태양을 볼 수 있었는데, 태양은 마치 꽃받침에서 흘러나오는, 빛을 품은 붉은 꽃과도 같았다.

공주들은 각각 자기들만의 작은 꽃밭이 있어서 땅을 파 좋아하는 꽃을 심었다. 공주 하나는 고래 모양 속에 귀여운 꽃 침대를 만들었는데, 또 다른 공주는 인어 같은 침대 모양을 만드는 게 더 깔끔하다고 생각했다. 막내는 태양처럼 둥글게 꽃밭을 만들어서 거기에 태양만큼이나 붉은 꽃만 심었다. 막내는 보통의 아이와는 다르게 평범하지 않고 차분하고 생각에 잠겨 있었다.

언니들이 자기 꽃밭을 가라앉은 배에서 찾아낸 온갖 이상한 것들로 꾸미고 있을 때, 막내는 태양만큼 붉은 꽃과 예쁜 대리석 동상을 제외하고는 아무것도 가져다 놓지 않았다. 새하얀 대리석에 새긴 잘생긴 소년의 동상은 난파된 배에서 바다 밑바닥으로 가라앉은 것이었다. 막내는 그 동상 옆에 붉은 버드나무를 심었는데 나무는 무척이나 잘 자라서 풍요로운 가지가 동상에 그늘을 드리우고 파란 모래까지 가지를 축축 늘어뜨렸다. 나뭇가지가 흔들리면 그림자가 보랏빛을 띠었다. 마치 나무뿌리와 나뭇가지 끝이 살아서 서로 어울려 놀면서 입을 맞추는 것 같았다.

막내 공주는 위쪽 인간 세상의 이야기를 가장 흥미롭게 들었다. 할머니를 졸라 배와 도시 그리고 사람들과 동물에 대해 이야기를 다 들었다. 가장 근사한 것은 땅 위의 꽃들이 향기롭다는 사실이었다. 바다 밑바닥의 꽃은 향기가 없었다. 숲이 푸르다는 게 멋진 것 같았다. 나뭇가지 사이로 보이는 '물고기'가 큰 소리로 달콤하게 노래를 부를 수 있어서 사람들이 즐겁게 들을 수 있다는 게 마음에 들었다. 할머니는 작은 새를 모두 '물고기'라고 불러야 했다. 그렇지 않으면 공주들이 새를 한 번도 본 적이 없었기에 무슨 말을 하고 있는 것인지 알지 못했기 때문이었다.

할머니가 말했다.

"너희 중 열다섯 살이 되는 사람은 바다에서 나가 달빛을 받으며 바위에 앉아 있어도 된단다. 지나가는 거대한 배를 지켜볼 수도 있어. 숲과 마을도 보게 될 거야."

다음 해 맏이가 열다섯 살이 된다. 하지만 다른 공주들, 그러니까 각자 동생들보다 한 살씩 더 먹었으니 막내가 물에서 나가 세상이 어떤지 볼 때까지 5년을 기다려야 했다. 그래도 언니들은 각자 자기들이 본 것을, 그리고 첫날 가장 아름답게 찾아낸 것을 전부 다른 공주들에게 들려주기로 약속을 했다. 할머니는 반도 말하지 않았기에 공주들이 간절히 알고 싶은 게 무척이나 많았다.

가장 간절히 바라는 공주는 바로 무척이나 조용하고 생각에 잠긴 듯한 막내였다. 여러 날 밤 막내는 창문을 열고 서서 물고기들이 지느러미와 꼬리를 흔들어대는 검푸른 바다를 들여다보았다. 달과 별만 보일 뿐이었다. 확실히 달과 별빛은 꽤 흐릿했다. 하지만 물을 통해 보였기에, 우리한테 보이는 것보다 훨씬 크게 보였을 것이다. 구름 같은 그림자가 달과 별을 가로지를 때면 그것이 머리 위로 헤엄치는 고래라든가 많은 사람들을 싣고 가는 배라는 걸 알았다. 저들은 귀여운 어린 인어가 배 바로 아래에서 배를 향해 하얀 두 팔을 내밀고 있다는 걸 꿈도 꾸지 못했다.

맏이 공주가 열다섯 생일을 맞았다. 그래서 이제 물밖으로 올라갈 수 있는 허락을 받았다. 맏이가 돌아왔을 때 동생들에게 들려줄 이야기가 백 가지나 되었다. 하지만 그중에서도 가장 놀라운 건, 바다가 잔잔할 때 달빛을 받으며 모래톱에 누워 있는 것이었다. 물가의 불빛 수백 개가 별처럼 반짝거리는 커다란 도시를 보고, 음악과 덜거덕거리는 마차와 사람들의 재잘거리는 소리를 듣고, 교회의 높은 첨탑을 보고, 울려 퍼지는 종소리를 들었다. 도시에 들어설 수 없었기에 그것이 가장 간절했다.

아, 막내 공주가 어찌나 열심히 귀를 기울이는지! 이윽고 공주는 밤에 창문을 열고 서서 검푸른 바다를 들여다볼 때마다 딸각딸각 떠들썩한 소리가 가득한 거리와 도시를 생각했다. 그러고는 이렇게 깊은 곳까지 교회 종소리가 들린다고 상상하기도 했다.

다음 해에는 둘째 공주가 물 위로 올라가서 어디든 헤엄을 쳐도 좋다는 허락을 받았다. 둘째는 해가 질 때 올라갔다. 일몰은 자신이 본 가장 놀라운 풍경이라고 밀했다. 하늘은 황금빛인데, 구름으로 말할 것 같으면 그 아름다움을 묘사할 단어를 찾지 못했다. 붉게 출렁이면서 보랏빛으로 물들며 머리 위로 지나갔다. 흘러가는 구름보다 훨씬 빠른 백조가 무리 지어 갔다. 백조는 길고 하얀 장막처럼 바다 위로 흔적을 남기며 지는 해를 향해 날아갔다. 둘째 공주도 헤엄쳐 갔지만 해가 지자 그 장밋빛 불꽃도 바다와 하늘에서 전부 사라져 버렸다.

그다음 해에는 셋째 공주가 올라갔다. 가장 대담했기에 큰 바다로 흐르는 넓은 강으로 헤엄쳐 올라갔다. 화려한 초록의 언덕이 보였다. 성과 영주의 저택이 화려한 숲 사이로 언뜻 보였다. 새가 노래하는 소리가 들렸다. 해가 어찌나 밝게 빛나는지 얼굴이 타는 듯 뜨거워져 식히려 종종 물속으로 들어가야 했다. 작은 만에서 유한한 생명의 인간 어린이들이 물속에서 발가벗은 채로 물장구를 치고 있는 모습을 보았다. 아이들과 놀고 싶었지만 아이들은 겁을 집어먹고 달아나 버렸다.

이윽고 자그마한 검은 동물이 왔다. 개였다. 공주는 전에 개를 본 적이 없었다. 개가 셋째 공주를 보고 어찌나 사납게 짖어대는지 공주도 겁을 집어먹고 너른 바다로 달아났다. 그래도 그 화려한 숲, 초록 언덕, 비록 지느러미는 없어도 물속에서 헤엄칠 수 있는 예쁜 아이들을 결코 잊을 수가 없었다.

넷째 공주는 그렇게나 모험심은 없었다. 공주는 거친 파도 한가운데 멀리 머물렀었는데 멋진 곳이었다고 말했다. 주위 몇 마일을 볼 수 있고, 위 하늘은 거대한 둥근 유리 지붕 같았다. 공주는 배를 보았다. 하지만 너무 멀리 있었기에 갈매기처럼 보였다. 장난치기 좋아하는 돌고래는 공중제비를 하고 어마어마하게 큰 고래는 코로 물을 뿜어 댔다. 그래서 마치 수백 개의 분수가 주위에 있는 것 같았다.

이제 다섯째 공주 차례가 되었다. 공주의 생일은 겨울이었기에 다른 언니들이 본 것을 하나도 보지 못했다. 바다는 진 초록색이고 거대한 빙산이 여기저기 둥둥 떠다녔다. 공주는 빙산 하나, 하나가 진주처럼 빛났다고 말했다. 하지만 빙산은 인간이 지은 교회 첨탑보다 훨씬 높았다. 공주들은 가장 멋진 모양, 그리고 다이아몬드처럼 빛나는 것을 추측했다. 다섯째 공주는 커다란 빙산 위에 앉았는데, 항해사들은 공주가 긴 머리를 바람에 흩날리는 모습을 보자마자 겁을 집어먹고 부리나케 배를 몰아 지나쳐갔다.

늦은 저녁 구름이 하늘에 가득했다. 천둥이 치고 번개가 하늘을 쏜살같이 오갔다. 시커먼 파도가 거대한 산맥 같은 얼음을 높이 들어 올렸다. 번개가 내리치자 얼음이 번쩍번쩍 빛났다.

배들은 모두 닻을 내렸다. 공포와 초조함만 흘렀다. 하지만 공주는 거기 둥둥 떠다니는 빙산 위에 차분하게 앉아서 바다에 쩍쩍 내리치는 들쭉날쭉한 번개를 지켜보았다.

언니들은 각자 바다의 수면 위로 처음 올라갔을 때 그 사랑스러운 모습이 새로웠었다. 하지만 어른이 되어 자신이 원하는 곳은 어디든 갈 수 있게 되자 그곳에 흥미를 잃었다. 어디를 가든 한 달이 지나면 향수병에 걸려서는 바다 밑과 같은 곳이 없다고, 집이 무척이나 편안하다고 말했다.

여러 날 저녁 언니들은 물 위로 올라가 다섯이 한 줄로 서로 팔짱을 끼고 섰다. 다들 유한한 인간보다도 훨씬 더 목소리가 아름다웠다. 폭풍이 불자 공주들은 조난 사고가 있으리라 예상하고 배 앞으로 헤엄쳐 가서 바다 밑이 얼마나 아름다운지, 선원들에게 전해져 내려온 편견을 깨기 위해 유혹적으로 노래를 불렀다. 하지만 사람들은 그 노래를 이해하지 못하고 폭풍 소리로 착각했다. 저들은 영광스러운 깊은 바다를 보지 못했다. 배가 가라앉았을 때 사람들은 익사해서 바다 왕의 성에 죽은 인간으로 도착했다. 그날 저녁 인어들은 이처럼 팔짱을 끼고 물 위로 올라왔을 때 막내는 뒤에 혼자 남아 그 죽은 사람들을 돌보며 눈물을 흘리고 싶어 했다. 하지만 인어들은 눈물을 흘리지 않았다. 그래서 훨씬 더 고통스러웠다.

막내가 말했다 .

   "내가 열다섯이 되면 좋겠어! 저기 위 세상, 그리고 저기에 사는 사람들을 모두 무척 좋아하게 될 것 같아."

마침내 막내도 열다섯 살에 이르렀다.
노부인 여왕, 할머니가 말했다.

"이제 너를 보내주마."

할머니는 어린 공주의 머리카락에 하얀 백합 화관을 씌워 주었는데 꽃잎은 진주를 반으로 잘라 만든 것이었다. 그리고 이 노부인은 막내 공주의 꼬리지느러미에 높은 지위의 표시로 큼지막한 굴 여덟 개를 달라고 했다.

"하지만 그거 아프단 말이에요!"

막내 공주가 소리쳤다.

"치장을 하려면 많이 참아야지."

할머니가 막내 공주에게 말했다.

아, 이런 장식을 전부 다 털어내고 번거로운 화관을 포기하면 얼마나 좋을까! 꽃밭의 붉은 꽃은 공주에게 훨씬 더 잘 어울렸다. 하지만 굳이 바꾸지는 않았다.

"안녕."

막내 공주는 그렇게 인사하고는 바다를 헤치고 거품처럼 빛을 내며 가볍게 위로 올라갔다. 수면 위로 머리를 내밀었을 때 태양이 막 사라져다. 하지만 구름은 여전히 황금과 장미처럼 빛나고, 섬세하게 물든 하늘에는 저녁별이 투명하게 빛났다. 공기는 온화하고 신선하며 바다는 잔잔했다. 돛이 세 개 달린 거대한 배가 눈에 들어왔다 . 바람이 부드럽게 불어와 돛을 하나만 폈다. 선원들은 삭구 안이나 활대에 기대어 빈둥거렸다. 배에서는 음악과 노래가 흘러나왔다. 밤이 내리자 선원들은 엄청나게 밝은 수백 개의 불을 밝혔는데 누군가는 만국기가 허공에 흔들리고 있다고 생각했을 것이다.

사랑스러운 인어 공주는 가장 큰 선실 창문까지 바짝 헤엄쳐 갔다. 몸이 바닷물 위로 출렁일 때마다 유리 창문으로 그 안에 화려하게 차려입은 사람들 무리를 들여다볼 수 있었다.

그중에서 가장 눈에 띄는 사람은 커다란 검은색 눈동자의 젊은 왕자였다. 열여섯 살 정도 되어 보였다. 왕자의 생일이었기에 축하를 하는 자리였다. 갑판 위 선원들이 춤을 추는데 왕자가 선원 사이로 나타나자 백 개가 넘는 불꽃이 허공으로 날아올라 대낮처럼 밝게 비추었다. 불꽃에 공주는 몹시도 놀라서 물속으로 얼른 몸을 숨겼다. 하지만 곧 다시 빼꼼 올려다보았다.

하늘의 별들이 모두 공주에게 떨어지는 듯했다. 저런 불꽃을 본 적이 없었다. 큰 해가 여러 개 빙글 돌고, 화려한 불꽃-물고기가 파란 하늘을 둥둥 떠다녔다. 이런 것들은 모두 크리스털 같은 투명한 바다에 거울처럼 비추었다. 어찌나 밝은지 배의 작은 밧줄도 다 볼 수 있고 사람들도 선명하게 보였다. 아, 젊은 왕자는 어찌나 잘생겼는지! 왕자가 웃었다. 미소 지으며 사람들과 악수를 나누고 그 사이 음악은 완벽한 저녁 속으로 울려 퍼졌다.

시간이 꽤 늦었지만, 사랑스러운 인어 공주는 배하고 그 잘생긴 왕자한테서 눈을 뗄 수가 없었다. 알록달록 밝게 빛나는 초롱불이 꺼지고 불꽃도 하늘을 날아다니지 않고 폭죽도 더 이상 터지지 않았다. 하지만 바다 속 깊은 곳에서 우르르 쾅쾅 소리가 들려왔다. 물살이 계속 인어를 높이 튀어 올라가게 해서 인어는 그 선실 안을 들여다볼 수 있었다.

이제 배는 나아가기 시작했다. 바람 속에 돛이 하나, 둘 활짝 펴지고 파도가 높이 솟고 거대한 구름이 모여들며 번개가 멀리서 번쩍거렸다. 아, 배는 끔찍한 폭풍을 만났다. 뱃사람들은 서둘러 돛을 내렸다. 높다란 배가 성난 바다를 헤치며 속도를 내자 이 커다란 배는 튀어 올랐다가 뒹굴었다. 파도는 마치 돛을 부서뜨릴 듯 시커먼 산처럼 높이 일었다.

하지만 배는 백조처럼 거대한 파도 사이로 떨어져 내렸다가 다시 높이 솟아올랐다. 인어 공주에게는 이것이 썩 괜찮은 놀이처럼 보였지만, 선원들에게는 전혀 그렇지 못했다. 배는 와지끈 갈라지고, 굵은 나무가 쿵 하고 떨어져 내렸다. 파도가 배를 내리쳐 돛이 갈대처럼 두 개로 부서졌다. 배는 옆으로 기울어 물이 짐칸까지 쳐들어왔다.

이제 인어 공주는 사람들이 위험에 빠진 것을 알았다. 자신도 바다에 이리저리 떠다니는 나무와 판자를 피해야 했다. 한순간 어두워져서 공주는 아무것도 볼 수가 없었다. 다음 순간 번개가 무척이나 환하게 내리쳐서 배 위의 모두를 구별할 수가 있었다.

모두가 최선을 다해 살 궁리를 했다. 공주는 그 젊은 왕자를 찾아서 가까이 가 지켜보았다. 배가 두 동강 나 왕자가 바다 속으로 가라앉는 모습이 보였다. 처음 공주는 왕자가 자신과 같이 있어서 너무 기뻤다. 그러다 문득 인간은 물속에서 살 수 없으며 아버지의 성에 죽은 시체로 도착할 것이라는 사실이 떠올랐다. 안 돼! 이 남자는 죽으면 안 된다! 그래서 공주는 둥둥 떠다니는 나무판자 기둥이 자신에게 부딪칠지도 모른다는 것을 깡그리 잊고 그 사이로 헤엄쳐 갔다.

파도 속으로 들어가 물마루를 타면서 마침내 그 젊은 왕자에게 다가갔다. 왕자는 그 성난 바다에서 더 이상 헤엄질 수 없었다. 팔다리에 기운이 빠지고 아름다운 눈동자는 굳게 닫혀서 공주가 도와주러 오지 않았다면 죽었을 것이다. 공주는 물 밖으로 왕자의 머리를 올리고는 파도가 가는 곳으로 몸을 맡겼다.

날이 밝자 폭풍은 잦아들고 배의 흔적은 눈에 보이지도 않았다. 태양이 수면 위로 붉고 환하게 솟아오르며 왕자의 뺨에 생기를 불어넣었다. 그래도 왕자는 여전히 눈을 감고 있었다. 공주는 반듯한 왕자의 이마에 입을 맞추었다. 젖은 머리카락을 뒤로 쓸어 넘기자 공주에게는 자신의 작은 꽃밭에 있는 그 대리석 동상처럼 보였다. 공주는 왕자에게 다시 입을 맞추고는 살아나기를 바랐다.

저 앞에 푸르른 산이 솟아난 육지가 보였다. 마치 백조 떼가 그곳에서 쉬고 있는 것처럼 꼭대기에 눈이 하얗게 빛났다. 바닷가 아래 화려한 초록의 숲이 있고 한

가운데 성당인지, 수도원인지 공주가 알 수 없는 어쨌거나 건물이 한 채 있었다.

오렌지 나무와 레몬 나무가 마당에서 자라고 높다란 야자수들이 문 옆에 즐비했다. 여기 바다는 작은 항구를 이루고 퍽 조용하고 매우 깊었다. 고운 하얀 모래가 절벽 아래로 쓸려 내려왔다. 공주는 그 잘생긴 왕자를 데리고 그곳으로 헤엄쳐가서 모래밭에 왕자를 눕히고 따뜻한 햇살을 받게 머리를 높이 괴어주고는 지극정성으로 돌보았다.

하얀색 커다란 건물에서 종이 울리기 시작하자 한 무리의 젊은 여인들이 정원으로 쏟아져 나왔다. 공주는 물 밖으로 삐죽 튀어나온 커다란 바위 뒤에 몸을 숨겼다. 거품으로 머리카락과 어깨를 가렸기에 누구도 공주의 얼굴을 볼 수 없었다. 그러고는 누가 이 가엾은 왕자를 찾아내는지 지켜보았다.

잠시 뒤, 한 젊은 여인이 왕자에게 왔다. 여자는 아주 잠깐 동안 놀란 것 같았다. 이윽고 더 많은 사람들을 불렀다. 인어는 왕자가 의식을 되찾는 것을, 주위의 모두를 향해 웃음 짓는 것을 지켜보았다. 하지만 공주에게는 웃어 보이지 않았다. 왕자는 인어 공주가 자신을 구했다는 사실을 알지도 못했기 때문이다. 공주는 몹시 속이 상했다. 사람들이 왕자를 그 커다란 건물로 이끌 때는 슬픈 마음으로 물속으로 뛰어 들어가 아버지의 성으로 돌아갔다.

공주는 언제나 조용하고 생각이 깊었다. 하지만 지금 훨씬 더 말이 없이 생각에 잠겼다. 언니들은 물 위로 처음 올라가서 무엇을 보았느냐고 물었지만 막내 공주는 조금도 말하려 들지 않았다.

여러 날 저녁 그리고 여러 날 아침, 공주는 그 왕자를 떠나보냈던 곳에 다시 가보았다. 정원에 잘 익어 추수를 마친 과일을 보고 높은 산에 눈이 녹는 것도 보았지만 그 왕자는 보지 못했다. 그래서 집으로 돌아올 때는 떠날 때보다 더 마음이 슬펐다.

그 작은 정원에 앉아서 왕자처럼 보이는 그 아름다운 대리석 동상을 감싸 안는 것이 공주에게는 하나의 위안이었다. 하지만 이제 꽃을 돌보지 않았다. 꽃은 함부로 길까지 뻗어가서 그곳은 황무지가 되었다. 기다란 줄기와 나뭇잎은 나뭇가지에 마구 엉켜서 우울한 그림자를 던졌다.

공주는 더 이상 견딜 수가 없었다. 자신의 비밀을 언니 하나에게 들려주었다. 즉시 다른 언니들 모두 그 이야기를 알게 되었다. 몇몇 인어들도 알게 되었다. 그중

한 인어가 그 왕자가 누구인지 알았다. 이 친구도 배 위에서 왕자의 축하 파티를 보았다. 그 남자가 어디에서 왔으며 어디 왕궁에 사는지도 알았다.

언니 공주들이 말했다.

"어서, 막내야!"

서로 팔짱을 끼고 길게 한 줄로 서서 물 위로 올라가서 왕자의 성이 있다는 곳 바로 앞으로 갔다. 거대한 대리석 계단에 반짝반짝 빛나는 황금색 돌로 지은 성이었는데, 계단 하나는 아래 바다로 이어졌다. 금박을 입힌 거대한 돔이 지붕 위에 솟아있고 건물 주위 기둥 사이로 실물과 똑같아 보이는 대리석 동상이 있었다. 높은 창문의 투명한 유리로 값비싼 비단 걸개와 태피스트리가 있는 화려한 홀이 들여다보였는데 그림으로 뒤덮인 벽은 보기에 무척 근사했다. 메인 홀 한가운데 커다란 분수가 유리 돔 지붕까지 물을 뿜고 햇빛이 분수대의 물과 커다란 수반에서 자라는 사랑스러운 식물을 비추었다.

이제 인어 공주는 왕자가 어디에 사는지 알았기에 여러 날 저녁, 여러 날 밤 그곳 바다에서 시간을 보냈다. 언니들보다 훨씬 더 바짝 과감하게 헤엄쳐갔다. 심지어 화려한 대리석 발코니가 바다에 길게 그림자를 드리우는 좁은 시내까지 올라갔다. 여기에 앉아서 그 왕자를 지켜보았다. 왕자는 달빛 속에서 자기 혼자 있다고 생각을 했다.

여러 날 저녁, 왕자가 음악이 흐리고 깃발이 흩날리는 멋진 배를 타고 나가는 모습을 공주는 보았다. 공주는 덤불 사이로 몰래 내다보았다. 바람이 공주의 은빛 꼬리 위로 불면 꼭 백조 한 마리가 날개를 펼친 것처럼 보였다.

여러 날 밤, 낚시꾼들이 횃불을 들고 바다로 나가는 모습을 보았다. 낚시꾼들이 왕자가 얼마나 착한지 말하는 것도 들었다. 그 말을 들으니 왕자가 물에 빠져 죽을 뻔했을 때 목숨을 구해준 사람이 자신이란 걸 생각하며 자랑스러운 마음이 들었다. 자신의 가슴에 기댔던 왕자의 머리가 얼마나 부드러웠는지, 왕자에게 입을 맞추었을 때 얼마나 감미로웠는지 떠올렸다. 하지만 왕자는 이것을 전혀 알지 못했다. 상상조차 하지 못했다.

날이 갈수록 인어 공주는 인간이 좋아졌다. 그리고 점점 더 인간들과 더불어 살고 싶은 마음이 간절했다.

인간 세상은 인어 세상보다 더 넓은 것 같았다. 인간들은 배를 타고 바다 위를 다닐 수도 있고 구름 위 높은 산을 오를 수도 있었다.

인어 공주는 알고 싶은 게 너무 많았다. 언니들은 막내가 궁금해하는 것들에 전부 다 대답을 해주지 못했다. 그래서 '물 위 세상'에 대해서 잘 아는 할머니를 찾아갔다. '물 위 세상'은 할머니가 바다 위에 있는 나라에 붙인 이름이었다.

인어 공주가 물었다.

"인간은 물에 빠져 죽지 않으면 영원히 사나요? 우리가 여기 아래 바다에서 죽는 것처럼 인간들은 죽지 않나요?"

노부인 여왕이 대답했다.

"죽지. 인간들도 죽어. 인간의 수명은 우리보다 훨씬 짧아. 우리는 삼백 살까지 살 수 있어. 하지만 우리가 수명을 다할 때 우리는 그저 바다의 거품으로 변해. 그래서 사랑하는 사람들 사이, 여기 아래 무덤이 없어. 우리는 불멸의 영혼이 없거든. 죽음 이후의 삶이 없단다. 우리는 초록 바다풀과 같아. 일단 잘리고 나면 결코 다시 자라지 않아. 반대로 인간에게는 영원히 사는 영혼이 있단다. 육체가 흙으로 변하고 난 다음에도 오랫동안 이어지는……. 영혼은 희박한 공기를 타고 저 위 반짝이는 별로 올라가지. 우리가 육지를 보기 위해 물을 헤치고 올라가는 것처럼, 인간들은 미지의 아름다운 곳으로 올라간단다. 우리에게는 결코 보이지 않는 곳으로……."

인어 공주는 애석해 하며 물었다.

"왜 우리는 불멸의 영혼을 받지 못했어요? 단 하루라도 인간이 될 수 있다면, 나중에 그 천사의 왕국에서 함께 할 수 있다면, 내 삼백 년을 기꺼이 포기할 거예요."

할머니가 말했다.

"그렇게 생각하면 안 돼. 우리는 저기 위 사람들보다 훨씬 더 행복하게 지내고 훨씬 더 잘 살고 있어."

"그러면 나도 죽어서 바다의 거품처럼 둥둥 떠다녀야 해요. 음악과 같은 파도를 듣지 못하고, 아름다운 꽃, 붉은 태양을 보지 못하고요! 불멸의 영혼을 얻기 위해서 내가 할 수 있는 게 아무것도 없어요?"

할머니가 대답했다.

"없어. 인간이 너를 무척 사랑해서 그 사람에게 네가 부모보다 더 큰 의미라면, 그 남자의 모든 생각과 심장이 모두 너와 하나가 되어서 사제가 그 사람의 오른손과 네 손을 맞잡게 하고 충직과 영원을 약속하게 한다면, 그러면 그 사람의 영혼이 네 몸으로 스며들어 갈 거야. 그러면 너는 인간의 행복을 함께할 거야. 그 사람은 너에게 영혼을 주어도 자기 것은 간직하지. 하지만 그런 일은 결코 쉽게 이루어지지 않아. 여기 바다에서 그렇게나 아름다운 네 지느러미를 땅에서는 흉측하다고 여긴단다. 그곳 취향은 어설퍼서 너한테는 사람들이 다리라고 부르는 어색한 소품이 있어야 돼."

인어 공주는 한숨을 푹 내쉬며 자기 지느러미를 불만스레 쳐다보았다.

할머니가 말했다.

"어서, 우리 기운 내자. 우리가 살 삼백 년 내내 펄펄 뛰어다니자. 확실히 그걸 함께 나누는 게 중요하지. 그러고 나서 나중에 평화롭게 쉬게 될 거란다. 우리는 오늘 저녁에 궁중 무도회를 열 거란다."

무도회는 땅 위에서 볼 수 있는 여느 무도회보다 훨씬 더 화려한 행사였다. 거대한 연회장의 벽과 천정은 큼지막한 투명 유리로 만들었다. 장미처럼 붉고, 짙은 풀빛 거대한 조개 수백 개가 파란 불꽃을 품고 한 줄로 양옆에 나란히 서서 무도회장 전체와 벽을 아주 선명하게 비추어서 바다 속이 꽤나 밝았다.

셀 수 없이 많은 크고 작은 물고기가 그 유리벽을 향해 헤엄치는 게 보였다. 몇몇 물고기의 비늘은 붉은 보랏빛으로, 또 다른 물고기는 은빛과 금빛으로 빛났다. 무도회장 바닥으로 거대한 물줄기가 흘렀다. 그 위로 인어들이 매혹적인 노래에 맞추어 춤을 추었다.

그렇게나 아름다운 목소리는 땅에 사는 사람들 사이

에서는 들리지 않았다. 막내 공주는 다른 누구보다 감미롭게 노래를 불러서 모두가 감탄해 마지않았다. 한순간 막내 공주는 자신의 목소리가 바다에서든 땅에서든 누구보다 사랑스러웠기에 행복했다. 하지만 곧 저위 세상에 대한 생각으로 흘러갔다. 그 매력적인 왕자, 그리고 왕자처럼 불멸의 영혼이 없다는 슬픔을 잊을수가 없었다. 그리하여 모두가 즐겁게 노래하고 있는 아버지의 성을 몰래 빠져나와 자신의 그 작은 꽃밭에 처량하게 앉았다.

문득 바다를 통해 나팔소리가 들려왔다. 공주는 생각했다.

'저건 분명 왕자가 배를 타고 나간다는 뜻이야. 내가 우리 아버지나 어머니보다 더 사랑하는 왕자, 내가 오매불망 생각하는 왕자, 내 평생의 행복을 기꺼이 맡기고 싶은 사람. 그 사람을 얻기 위해서라면, 불멸의 영혼을 얻기 위해서라면 난 뭐든 하겠어. 언니들이 여기 아빠의 성에서 춤을 추고 있는 사이, 지금까지 내내 무척 두려워만 했던 바다 마녀를 찾아가겠어. 어쩌면 마녀가 내게 무슨 조언을 해주며 도와줄 거야.'

인어 공주는 꽃밭에서 나와 마녀의 집 근처, 으르렁거리는 소용돌이를 향했다. 한 번도 그 길을 가본 적이 없었다. 그곳에는 꽃도, 바다풀도 자라지 않았다. 황량한 잿빛 모래가 소용돌이까지 쭉 펼쳐졌는데, 그 소용돌이는 물레방아 바퀴처럼 빙그르르 돌면서 바다 밑바닥에 닿는 것은 뭐든 낚아챘다. 마녀의 집으로 가려면 이런 소용돌이를 뚫고 가야 했다. 그러고 나서 펄펄 끓는 꽤 길게 이어진 진창길이 있었다. 마녀는 그것을 석탄 습지라고 불렀다. 거기 너머 마녀의 집은 기괴한 숲 한가운데 있었는데, 나무와 관목은 전부 다 반은 동물이고 반은 식물인 폴립(히드라·산호류 같은 원통형 해양 고착 생물)이었다. 폴립은 마치 땅속에서 자라는 머리 백 개 달린 뱀처럼 보였다. 나뭇가지는 모두 길고 끈적끈적한 팔인데, 꾸물꾸물 기어 다니는 지렁이 손가락이 달렸다. 폴립은 몸마디, 마디를 꼼지락거리며 뿌리에서 밖으로 뻗은 촉수로 잡히는 건 뭐든 꽉 움켜잡고는 절대 보내주지 않았다.

인어 공주는 잔뜩 겁을 집어먹고 숲 끝자락에서 멈추었다. 두려움에 심장이 쿵쾅거려서 거의 되돌아갈 뻔했지만 왕자와 인간들이 갖고 있는 영혼을 떠올리고 용기를 그러모았다. 폴립한테 잡히지 않게 긴 머리채를 묶고 두 팔을 앞으로 모으고는, 공주를 움켜잡으려고 안달이 나서 팔과 손가락을 마구 뻗어대는 그 끈적끈적한 폴립 사이를 물고기처럼 잽싸게 빠져나갔다.

손아귀마다 수백 개의 촉수에 뭔가를 잡고 있었는데, 튼튼한 쇠고리에 매달린 것처럼 보였다. 바다에 빠져 이렇게 깊은 곳까지 가라앉은 죽은 인간의 허연 뼈가 폴립의 팔에 있었다. 배의 부품, 어부들의 궤짝, 육지 동물의 해골도 저 손아귀로 떨어져 내렸지만 가장 으스스한 풍경은 무엇보다도 붙잡혀 목이 졸린 어린 인어였다.

공주가 숲속 진흙투성이 넓은 빈터에 도착하니, 살집 좋은 굵은 물뱀들이 미끄러지듯 스르르 나아가며 역겨운 누런 뱃가죽을 드러냈다. 빈터 한가운데 난파된 인간의 뼈다귀로 지은 집이 한 채 있었다. 그리고 거기에 바다 마녀가 앉아서 우리가 카나리아 새에게 설탕을 먹이듯 두꺼비 한 마리를 시켜 자기 입에서 나오는 것을 먹으라고 시켰다. 마녀는 그 흉측한 물뱀들을 '아기'라고 부르면서 스펀지 같은 자신의 가슴을 이리 저리 기어 다니게 했다.

마녀가 말했다.

"네가 원하는 게 뭔지 알지. 너 아주 어리석구나. 하지만 네 뜻대로 그대로 될 거야. 자랑스러운 공주, 넌 슬픔도 얻게 될 거다. 너는 지느러미 꼬리를 없애고 그 대신에 그 물건 두 개를 갖고 싶어 하는구나. 그 젊은 왕자가 너와 사랑에 빠져서 그 사람과 더불어 불멸의 영혼을 얻고 싶어 해.”

여기에서 마녀는 어찌나 깔깔대며 웃어대는지 두꺼비랑 뱀들이 바닥으로 떨어져 내려 온몸을 비틀어댔다. 마녀가 이어 말했다.

“제때에 잘 왔어. 태양이 내일 떠오르고 나면 난 일 년 내내 너를 도와줄 수가 없거든. 내가 한 번 먹을 약을 만들어 주지. 해가 뜨기 전에 그걸 가지고 물가로 헤엄쳐 가야 해. 마른 땅에 앉아서 그걸 다 마셔. 그러면 네 꼬리가 둘러 갈라지면서 쪼그라들 거야. 예리한 칼로 찍찍 찔러대는 느낌이 들 거야. 만나는 사람은 누구든, 지금껏 본 가장 아름다운 인간이라고 말할 거란다. 사뿐히 걷는 네 발 걸음은 어느 무용수도 따라올 수가 없거든. 하지만 네가 발 걸음을 움직일 때마다 너는 칼날 위를 걷는 것처럼 피가 철철 흐르는 느낌이 들 거야. 기꺼이 너를 도와주지. 그런데 이 모든 걸 감당할 수 있겠어?”

"그럼요."

공주는 왕자와 인간의 영혼을 얻는다는 생각을 하면서 떨리는 목소리로 대답했다.
마녀가 말했다.

"기억해! 일단 인간의 모습이 되면 넌 다시는 인어로 되돌아올 수 없어. 네 언니들, 네 아버지의 성으로 바다를 헤엄쳐 절대 돌아올 수 없다고. 그리고 네가 왕자의 사랑을 완벽하게 얻지 못한다면, 그러니까 자기 부모를 깡그리 잊고 머리와 심장으로 오로지 너만을 생각하지 못한다면, 사제가 결혼식에서 너의 손을 잡지 못한다면, 그러면 너는 불멸의 영혼을 얻지 못해. 만약에 왕자가 다른 사람과 결혼을 하게 되면 네 심장은 다음 날 아침 산산 조각이 나고 바다의 물거품이 되고 말 거야."

"감수하겠어요."

공주가 말했다. 하지만 얼굴은 죽은 듯 창백했다.

“게다가 넌 내게 값을 지불해야 돼. 난 하찮은 걸 달라고는 하지 않지. 너는 여기 바다 아래에서 누구보다 목소리가 아름다워. 그 목소리로 분명 그 왕자를 사로잡고 싶을 거야. 하지만 넌 그 목소리를 나한테 주어야 해. 네가 가진 바로 그걸 내가 가져갈 거야. 내 값비싼 약을 주는 대가로 말이야. 난 거기에 내 피를 흘려야 해, 아주 잘 듣는 약을 만들려면……”

“하지만 내 목소리를 가져가면, 나한테 뭐가 남지요?”

“네 아름다운 모습. 미끄러질 듯 걷는 발걸음, 초롱초롱한 눈동자. 이런 것들로 넌 왕자의 마음을 쉽사리 사로잡을 거야. 흠, 용기가 사라졌나? 혀를 쑥 내밀어. 그러면 내가 싹둑 잘라낼 테니까. 난 내 대가를 갖고 너는 잘 듣는 약을 갖게 될 거야.”

“어서 해요.”

마녀는 불 위에 가마솥을 걸고 약을 끓였다.

"깨끗한 게 좋지."

마녀는 그렇게 말하며 뱀을 둘둘 말아서 그것으로 단지를 쓱쓱 문질렀다. 그리고는 가슴을 쿡 찔러서 시커먼 피를 그 가마솥 안에 후드득 떨어뜨렸다. 그 안에서 연기가 으스스하게 피어올라서 그 모습만으로도 공포로 얼어붙을 것 같았다. 마녀는 끊임없이 새로운 재료를 가마솥에 던져 넣었다. 곧 악어가 눈물을 흘리는 듯한 소리를 내며 가마솥이 서서히 끓기 시작했다. 마침내 약이 완성되었다. 약은 깨끗한 물처럼 투명해 보였다.

"네 약이야."

마녀는 인어 공주의 혀를 잘랐다. 공주는 더 이상 말을 할 수 없었다. 노래도, 이야기도 할 수 없었다.
마녀가 말했다.

"네가 내 숲을 돌아나갈 때 폴립들이 너한테 덤벼들 거야. 이걸 녀석들한테 한 방울만 떨어뜨려. 그러면 촉수가 수천 갈래로 갈라질 테니까."

하지만 그럴 필요가 없었다. 폴립들은 그 약을 보자마자 놀라서 몸을 말았다. 약은 빛나는 별처럼 공주의 손에서 빛을 냈다. 그래서 공주는 금세 그 숲, 습지, 그리고 으르렁대는 소용돌이를 빠져나갔다.

아버지의 성이 보였다. 연회장의 불은 이미 꺼졌다. 분명 성에 있는 모두가 잠이 든 게 틀림없었다. 하지만 공주는 차마 근처에 가지 못했다. 이제 말을 할 수 없게 된 채 영원히 고향을 떠나갈 것이다. 심장이 슬픔으로 부서질 것 같았다. 살금살금 꽃밭에 가서 언니들의 꽃을 하나씩 따서 성을 향해 수없이 입맞춤을 보냈다. 이윽고 검푸른 바다를 헤치고 위로 올라갔다.

왕자의 성에 도착했을 때 태양은 아직 떠오르지 않았다. 그 화려한 대리석 계단을 올라갈 때 달이 환하게 비추고 있었다. 공주는 그 쓰디쓴 약을 꿀꺽 삼켰다. 약은 양날의 칼처럼 가녀린 몸을 내리치는 것 같았다. 공주는 정신을 잃고 죽은 듯이 그곳에 쓰러졌다.

태양이 바다 위에 떠오르자 찌를 듯한 고통을 느끼며 깨어났다. 하지만 공주 바로 앞에 그 잘생긴 왕자가 칠흑 같은 눈동자로 공주를 내려다보고 있었다. 공주는 고개를 숙여 꼬리가 사라진 것을 보았다. 젊은 연인들이 바라는 사랑스러운 하얀 다리가 달려 있었다. 하지만 발가벗은 채였기에, 자신의 긴 머리로 몸을 감쌌다.

왕자는 누구냐고, 이곳에 어찌하여 왔냐고 물었다. 공주는 말을 할 수 없었기에 그 짙은 파란 눈동자로 부드럽지만 몹시 슬프게 왕자를 쳐다보았다. 문득 왕자는 공주의 손을 잡고 성 안으로 이끌어 주었다. 발걸음을 옮길 때마다 면도날 그리고 예리한 칼끝을 걷는 것 같았다. 마녀가 미리 알려준 그대로였다. 하지만 공주는 기꺼이 참아냈다. 왕자 옆을 걸으면서 거품처럼 가볍게 움직였다. 왕자와 공주를 본 모두가 그 우아하게 걷는 모습에 놀라워했다.

일단 성에서 내준 실크와 모슬린 의상을 입자 공주는 이 성에서 가장 아름다웠다. 하지만 공주는 말을 할 수도 노래를 부를 수도 없었다. 실크와 황금빛 옷을 입은 아름다운 여자 무희들이 와서 왕자와 왕자의 부모님 앞에서 노래를 불렀다. 그중 하나가 누구보다 노래를 잘 부르자 왕자는 그 여자를 향해 웃으며 손뼉을 쳤다. 공주는 몹시도 슬펐다. 자신이 훨씬 더 아름답게 부르곤 했다는 걸 알기 때문이었다.

공주는 생각했다.

'당신과 함께 있기 위해서 내 목소리와 영원히 헤어

졌다는 것을 당신이 안다면……'

우아한 무희들이 이제 가장 아름다운 음악에 맞추어 춤을 추기 시작했다. 문득 공주는 하얀 팔을 들고는 발끝으로 일어서 앞으로 걸어 나갔다. 누구도 그렇게나 춤을 잘 추지는 못했다. 발걸음을 움직일 때마다 더 아름답게 춤추며 그 어떤 무희보다 눈으로 가슴을 향해 깊이 말했다.

모두가 공주에게 넋을 잃고 말았다. 특히 왕자가 그랬다. 왕자는 공주를 '길에서 찾은 사랑스러운 여인'이라고 불렀다. 공주는 몇 번이고 다시 춤을 추었다. 하지만 바닥에 발이 닿을 때마다 예리한 쇠붙이 위를 걷는 것만 같았다. 왕자는 언제나 공주를 곁에 두겠다고 말했다. 그러면서 문밖에서 자도 좋다면서 벨벳 이불을 내주었다.

왕자는 공주에게 시종의 옷을 만들어 주어서 공주는 말을 타고 왕자와 함께 나갈 수 있었다. 둘은 향기로운 숲을 달리곤 했다. 초록 가지가 인어 공주의 어깨를 스치고, 작은 새들이 나풀거리는 나뭇잎 사이로 노래를 불렀다.

공주는 왕자와 함께 높은 산으로 올라갔다. 그 부드러운 발에서는 눈에 띄게 피가 흘렀지만 그저 웃으며 왕자를 따라 올라가서 구름이 새무리처럼 저 먼 땅으로 내려가는 모습을 내려다보았다.

왕자의 궁전에서 모두가 밤에 잠들었을 때 공주는 그 넓은 대리석 계단을 내려가 차가운 바닷물에 불에 덴 것 같은 발을 식혔다. 그러고 나서 바다 아래 사는 이들을 떠올렸다. 어느 날 밤, 언니들이 팔짱을 끼고 바다에 올라와 슬프게 노래를 부르고 있었다. 공주가 언니들을 향해 손을 흔들자, 언니들이 알아보고는 공주가 모두를 무척이나 슬프게 했다고 말했다. 그 이후, 언니들은 매일 밤 보러 왔다. 한 번은 멀리, 멀리 바다에서 할머니를 보았다. 할머니는 최근 오랫동안 물 위에 올라온 적이 없었다. 거기 왕관을 쓴 바다의 왕도 함께 있었다. 둘은 공주를 향해 손을 뻗었다. 하지만 언니들만큼 육지로 가까이 다가오지는 않았다.

날이 갈수록 공주는 왕자를 더 깊이 사랑했다. 왕자는 어린아이를 아끼듯이 공주를 좋아했지만 왕비로 삼을 생각은 전혀 하지 않았다. 하지만 공주는 왕자의 아내가 되어야 했다. 그렇지 않으면 결코 불멸의 영혼을 가질 수 없을 것이며 왕자의 결혼식 다음 날 아침 바다의 물거품이 될 것이다.

인어 공주의 눈은 왕자에게 이렇게 묻는 것 같았다.

'나를 누구보다 사랑하지 않나요?'

그러면 왕자는 인어 공주의 두 손을 잡고 사랑스러운 이마에 입을 맞추어 주었다.

"물론이지. 너는 내게 무척이나 사랑스러워. 너는 누구보다 마음이 착하니까. 게다가 다른 누구보다 더 나를 사랑하지. 넌 언젠가 내가 한 번 보았던 그러나 결코 찾을 수 없는 어린 소녀를 무척이나 닮았어. 난 난파된 배에 있었어. 파도가 한 수도원으로 나를 쓸어갔지. 거기에 젊은 여인들 여럿이 의식을 치르고 있었어. 가장 어린 소녀가 바닷가에서 나를 찾아서 내 목숨을 구해주었지. 하지만 난 그 소녀를 두 번 다시 보지 못했어. 그 소녀는 내가 사랑할 수 있는 이 세상의 유일한 여인이야. 그래도 네가 그 소녀와 많이 닮았기에 내 마음속에서 그 여인의 추억을 대신해 주지. 그 여인은 수도원에서 살아. 다행스럽게도 너를 얻었지. 우리는 결코 헤어지지 않을 거야."

인어 공주는 생각했다.

'아, 왕자는 목숨을 구해준 사람이 나라는 사실을 모

르는구나. 내가 바다에서 그 수도원 정원으로 왕자를 데리고 갔는데. 나는 물거품 뒤에 숨어서 누가 오는지 지켜보았어. 왕자가 나보다 더 사랑한다는 그 여자를 보았어.'

한숨만이 공주가 깊은 슬픔을 드러내는 방법이었다. 인어들은 울 수가 없으니 말이다.

'그 여인이 그 수도원에 산다고 왕자가 말했지. 이 세상으로 결코 나오지 않을 거야. 다시는 서로 만나지 않겠지. 나야말로 왕자를 좋아하고, 사랑하며 왕자를 위해 목숨을 전부 줄 수 있어.'

이제 왕자가 이웃 왕의 아름다운 딸과 결혼할 것이라는 소문이 돌기 시작했다. 이 때문에 근사한 배가 항해에 나설 준비를 했다. 왕자가 이웃 왕국을 향하는 이유는 왕의 딸을 보기 위한 것으로, 듬직한 수행원들과 함께 떠난다고 했다. 인어 공주는 고개를 저으며 미소 지었다. 왕자의 생각을 누구보다 훨씬 더 잘 알았기 때문이다.

왕자가 공주에게 말했다.

"여행을 떠나야 해. 아름다운 공주를 보러 가야 하거든. 부모님의 바람이야. 하지만 신부가 내 뜻과

다르다면 난 공주를 집으로 데려오지 않을 거야. 그
리고 난 절대 그 공주를 사랑할 수 없어. 공주는 수
도원에 있는 그 사랑스러운 여인을 너만큼 닮지 않
았을 테니까. 내가 신부를 선택한다면, 너를 선택할
거야. 말 못 하는 '길에서 찾은 사랑스러운 여인'아."

그러고는 인어 공주에게 입을 맞추고 기다란 머리카
락을 쓰다듬으며 공주의 가슴에 머리를 기댔다. 공주
는 인간의 행복과 불멸의 영혼을 꿈꾸었다.

이웃 왕 나라로 실어다 줄 웅장한 배에 올라타자, 왕
자가 말했다.

"너는 바다를 두려워하지 않지? 길에서 찾은 사
랑스러운 여인."

그러고는 인어 공주에게 폭풍, 차분한 배, 깊은 바다
의 낯선 물고기, 물속에 들어가서 보았던 경이로운 것
들의 이야기를 들려주었다. 공주는 그런 이야기를 들
으며 미소 지었다. 공주만큼이나 저 깊은 바다 속 이야
기를 아는 사람은 없었으니까 말이다.

밝은 달빛 아래, 배를 모는 사람을 제외하고 모두 잠

이 들었을 때 공주는 배 한쪽에 앉아서 투명한 바다를 들여다보며 아버지의 성을 상상했다. 성의 탑 맨 위에 할머니가 은색 왕관을 쓰고 서서 서둘러 흘러가는 배를 올려다보고 있다. 문득 언니들이 수면 위로 올라와 공주를 안타깝게 쳐다보면서 서로 하얀 손을 움켜잡았다. 공주는 웃으며 손을 흔들면서 모두 잘 되어 간다고, 자신은 행복하다고 알려주려고 했다. 하지만 선실에서 심부름을 하는 소년이 나오는 바람에 언니들이 재빨리 물속으로 들어가 버렸다. 소년은 자신이 본 넘실거리는 파도가 그저 바다의 거품이라고 생각했다.

이튿날 아침, 배는 이웃 왕의 화려한 도시의 항구에 들어섰다. 교회에서는 모두 종소리가 울려 퍼지고 높은 탑에서는 트럼펫을 부는 소리가 들려왔다. 군인들이 나부끼는 깃발과 반짝이는 총을 들고 한 줄로 섰다. 매일 축제 행사가 열렸다. 무도회 또는 또 다른 알현식이 이어졌지만 공주는 여전히 나타나지 않았다. 사람들이 말하기를 멀리 있는 수도원에서 왕실의 예의범절을 배우고 있다고 했다. 마침내 공주가 들어왔다.

인어 공주는 이 공주가 얼마나 아름다운지 궁금했었다. 솔직히 그렇게나 뛰어나게 아름다운 사람을 한 번도 본 적이 없었다. 피부는 투명하고 고우며 그 길고

짙은 속눈썹 뒤로 파란 눈동자가 진실 되고 순수하게
웃고 있었다.

왕자가 큰소리로 외쳤다.

"당신이었군요! 내가 죽은 듯 바닷가에 누워있
을 때 나를 구해준 사람이군요."

왕자는 얼굴을 붉히는 신부를 두 팔로 안았다. 그러
더니 인어 공주를 향해 말했다.

"아, 나는 누구보다 행복한 사람일 거야. 내 사랑
하는 꿈, 감히 바랄 수도 없는 꿈이 이루어졌어. 넌
이 큰 기쁨을 나와 함께 하겠지. 너는 나를 다른 누
구보다 사랑하니까."

인어 공주는 왕자의 손에 입을 맞추며 심장이 깨질
것 같은 기분이 들었다. 결혼식 다음 날 아침 공주는
목숨을 잃고 물거품으로 변할 테니까 말이다.

교회의 종이 모두 울려 퍼지며 온 도시에 결혼식 소
식을 전했다. 제단마다 값비싼 은 램프에 향유를 피워
올렸다. 사제들이 향로를 이리저리 흔들고 교황은 신

인어 공주

랑과 신부에게 축성을 내려 주었다. 인어 공주는 황금색 실크 옷을 입고 신부의 긴 치맛자락을 붙잡았다. 하지만 결혼식 행진곡도 들리지 않고, 결혼식 풍경도 눈에 들어오지 않았다. 이 땅에서의 마지막 밤, 이 세상에서 잃어버린 그 모든 것들에 대한 생각뿐이었다.

그날 저녁 신부와 신랑은 배를 타러 갔다. 폭죽이 터지고 깃발이 휘날렸다. 배 갑판 위에 보라색과 황금색 왕실 천막이 차려지고, 우아한 잠자리가 마련되었다. 고요하고 맑은 밤 신혼부부는 여기에서 잠을 잘 것이다. 배는 산들바람을 타고 미끄러지듯 가볍게 지나가서 조용한 바다 위에서 거의 움직이지도 않는 것처럼 보였다.

해 질 녘 오색찬란한 색색 등이 켜지자 뱃사람들은 갑판 위에서 춤을 추었다. 인어 공주는 깊은 바다에서 처음으로 올라왔을 때 보았던 그 흥겨운 모습이 떠올랐다. 인어 공주는 먹이를 쫓는 제비처럼 함께 어울려 춤을 추었다. 모두가 인어 공주에게 박수를 보냈다. 실로 인어 공주가 그렇게나 멋지게 춤을 춘 적이 없기 때문이었다. 단검이 연약한 발을 찌르는 듯했지만, 애써 모른 체했다. 심장이 훨씬 더 큰 고통으로 아팠다. 자신의 사랑스러운 목소리를 아낌없이 버리고 끊임없는 고통을 감내했던 왕자를 보는 마지막 저녁이라는 것을 알았다.

반면 왕자는 이런 것들을 하나도 몰랐다. 인어 공주에게는 왕자와 같은 공기를 숨 쉬고 깊은 바다를 내려다보고, 파란 하늘의 무수한 밤을 올려다보는 마지막 밤이었다. 생각도 할 수 없고, 꿈도 꿀 수 없는 영원과도 같은 밤이 인어 공주를 기다리고 있다. 공주는 영혼이 없으며 영혼을 가질 수도 없다.

한밤이 지나도록 잔치가 이어졌다. 하지만 공주는 마음에 드리운 죽음의 생각을 잊고 웃으며 춤을 추었다. 왕자는 아름다운 신부에게 입을 맞추고 신부는 왕자의 칠흑처럼 검은 머리카락을 어루만졌다. 두 사람은 손에 손을 잡고 그 웅장한 천막 안으로 쉬러 들어갔다. 배 위로 침묵이 내려앉았다. 배를 모는 키잡이만 갑판에 남았다. 인어 공주는 벽에 기대어 서서 여명이 밝아오는 것을 보았다. 첫 여명이 비치자마자 자신이 죽으리라는 걸 알았다. 문득 넘실거리는 파도 사이로 언니들이 둥실 올라왔다. 언니들은 막내 공주만큼이나 창백했다. 산들바람이 빗겨주던 길고 사랑스러운 머리카락이 보이지 않았다. 전부 잘려 나갔다.

언니들이 말했다.

"우리 머리카락을 마녀한테 주었어. 너를 도와줄 방법을 얻으려고. 오늘 밤 네 목숨을 구해. 마녀가 우리에게 칼을 주었어. 이 날카로운 칼날을 봐! 해가 뜨기 전에, 넌 왕자의 심장에 이걸 꽂아야 해. 왕자의 뜨거운 피가 네 발을 적시면 발이 다시 하나가 되어 지느러미 꼬리로 변할 거야. 그러면 너는 다시 인어가 되어서 바다 속 우리한테 돌아올 수 있어. 죽어서 짠 바다의 거품이 될 때까지 삼백 년을 더 살 수 있다고.

서둘러! 왕자든 너든 해가 뜨기 전에 죽어야 해. 할머니는 슬픔에 빠져 하얀 머리카락이 계속 빠지고 있어. 꼭 마녀가 가위로 잘라버린 우리 머리카락 같아. 왕자를 죽여. 그리고 우리한테 돌아와. 서둘러! 서둘러! 하늘의 저 빨간 기운을 봐! 몇 분 있으면 태양이 떠오르고 넌 죽게 된단 말이야."

그렇게 말하며 언니들은 깊은 한숨을 토해내고는 파도 아래로 가라앉았다.

인어 공주는 보라색 천막을 열었다. 아름다운 공주가 왕자의 가슴에 머리를 얹고 잠이 들었다. 인어 공주는 허리를 숙여 왕자의 이마에 입을 맞추었다. 서둘러

하루를 열기 위해 붉게 빛나고 있는 하늘을 보았다. 날카로운 칼을 보고 다시 왕자를 향해 눈을 돌렸다. 왕자는 자면서 신부의 이름을 중얼거렸다. 온통 신부 생각뿐이었다.

인어 공주의 손에 든 칼날이 바르르 떨렸다. 문득 공주는 칼을 저 멀리 바다 위로 휙 던져 버렸다. 칼이 바다 속에 풍덩 빠진 자리가 마치 부글부글 끓듯 피처럼 붉어졌다. 인어 공주는 이미 흐릿해진 눈으로 한 번 더 왕자를 보고는 밖으로 물러 나와 바다로 몸을 날렸다. 몸이 거품으로 녹아드는 느낌이었다.

태양이 떠올라, 햇빛이 따스하고 부드럽게 그 서늘한 바다 거품을 비추었다. 인어 공주는 죽음의 손길을 느끼지 못했다. 머리 위로 비추는 환한 햇빛 속에서 투명하고도 아름다운 생명체가 둥둥 떠다니는 게 보였다. 무척이나 투명해서 배의 하얀 돛과 하늘의 붉은 구름이 들여다보였다. 목소리는 음악과도 같아서, 지상의 눈이 인어들의 거품을 볼 수 없는 것처럼 인간의 귀로는 그 소리를 쫓을 수가 없었다. 날개도 없이, 이들은 공기만큼이나 가볍게 떠다녔다. 인어 공주는 자신이 저들과 같은 모양이라는 것을 알았다. 점점 거품에서 빠져나와 위로 올라가고 있었다.

"누구세요? 내가 어디로 가는 거죠?"

인어 공주가 물었다. 목소리가 위에서 들리는 것 같았다. 무척이나 신비해서 지상의 음악과는 도무지 어울리지 않았다.

"우리는 공기의 딸들이란다. 인어는 불멸의 영혼이 없어서 인간의 사랑을 얻지 못하면 영혼을 가질 수 없어. 인어의 영원한 생명은 몸 밖의 힘에 달렸지. 공기의 딸들도 불멸의 영혼이 없어. 하지만 착한 행동을 하면 얻을 수 있지. 우리는 남쪽으로 날아가. 우리가 차가운 바람을 불어넣지 않으면 그곳의 독약과도 같은 뜨거운 공기가 인간을 죽이거든. 우리는 가는 곳마다 신선함과 치유의 밤을 주는 꽃향기를 공기에 실어간단다. 삼백 년 동안 최선을 다해 좋은 일을 하면 우리는 불멸의 영혼과 인간의 영원한 은총을 나누어 받아. 너, 가엾은 인어야, 너도 이것을 위해 온 마음을 다 바쳐 노력했어. 너의 고통과 충실함이 하늘 높은 영혼의 왕국으로 너를 들어 올렸어. 이제 삼백 년 동안 선한 행동을 하면 절대 죽지 않을 영혼을 얻게 될 거야."

원작으로 읽는 안데르센 동화 5선

인어 공주는 투명하고 밝은 눈을 들어 겸허하게 태양을 바라보았다. 처음으로 눈에 눈물이 고였다.

배 위는 서서히 활기를 띠며 다시 생기가 돌았다. 왕자와 그 아름다운 신부가 자신을 찾는 것이 보였다. 둘은 슬프게도 그 부글부글 끓는 거품을 쳐다보았다. 마치 인어 공주가 바다 속으로 몸을 던진 사실을 아는 것 같았다. 두 사람에게 보이지 않게 인어 공주는 신부의 이마에 입을 맞추고 왕자에게 미소를 보내고는 높이 흘러가는 장밋빛 구름으로 공기의 딸들과 함께 올라갔다.

"여기가 신의 왕궁으로 가는 길인가요, 삼백 년이 지난 후에?"

"좀 더 이를 수도 있어. 보이지 않게 우리는 아이들이 있는 인간들의 집으로 날아 들어가지. 매일 우리는 부모님을 기쁘게 하고 사랑받을 자격이 있는 착한 아이를 찾아. 그러면 신은 우리를 시험하는 날을 짧게 해줘. 아이는 우리가 자기 방을 둥둥 떠다닐 때 알지 못해. 하지만 우리가 그 아이를 향해 웃을 때 삼백 년에서 1년이 줄어든다는 뜻이야. 하지만 우리가 버릇없는 아이를 보면 우리는 슬픔의 눈물을 흘려야 해. 눈물 한 방울마다 우리 시험의 하루가 더 늘어나지.”

기증자: 옮긴이 김선희 약력

　김선희는 한국외국어대학교를 졸업하고, 대학원에서 '외국어로서의 한국어 교육'을 공부했습니다. 소설『십자수』로 근로자문화예술제에서 대상을 받았으며, 뮌헨국제청소년도서관(IYL)에서 펠로십(Fellowship)으로 어린이 및 청소년 문학을 공부했습니다. 현재 〈김선희's 언택트 번역교실〉을 진행하며 번역가로 활동하고 있습니다. 그동안 펴낸 책으로는『토머스 모어가 상상한 꿈의 나라, 유토피아』등이 있으며, 옮긴 책으로는「윔피 키드」「드래곤 길들이기」「위저드 오브 원스」「멀린」시리즈,『생리를 시작한 너에게』『팍스』『두리틀 박사의 바다 여행』『공부의 배신』『난생처음 북클럽』『베서니와 괴물의 묘약』등 200여 권이 있습니다.

블로그: https://blog.naver.com/thinkwalden
인스타: https://www.instagram.com/h_translator_sunhee/

안데르센 동화를 다시 읽고 느낀 감정이나 동화를 통해
얻은 새로운 생각에 대해 자유롭게 적어보세요.